D1296359

L'ASSASSIN IMPOSSIBLE

Les Éditions Hurtubise bénéficient du soutien financier des institu-
tions suivantes pour leurs activités d'édition:

– Conseil des Arts du Canada;
– Gouvernement du Canada par l'entremise du Programme d'aide
  au développement de l'industrie de l'édition (PADIÉ);
– Société de développement des entreprises culturelles du Québec
  (SODEC);
– Gouvernement du Québec par l'entremise du programme de
  crédit d'impôt pour l'édition de livres.

Conception graphique: fig. communication graphique
Illustration de la couverture: Louise Martel

ISBN: 978-2-89428-928-0

Dépôt légal/3e trimestre 2006
Bibliothèque et Archives nationales du Québec
Bibliothèque et Archives du Canada

Diffusion-distribution au Canada
Distribution HMH
1815, ave. De Lorimier, Montréal (Qc) H2K 3W6
Téléphone: (514) 523-1523 • Télécopieur: (514) 523-9969

Diffusion-distribution en Europe
Librairie du Québec/DNM
30, Gay-Lussac, 75005, Paris FRANCE
www.librairieduquébec.fr

Imprimé au Canada

www.hurtubisehmh.com

LAURENT CHABIN

L'ASSASSIN
IMPOSSIBLE

Laurent Chabin a choisi de s'installer en Alberta,
au pied des montagnes Rocheuses, « histoire de
respirer à l'aise », dit-il. C'est là qu'il écrit, s'occupe
de ses enfants et d'une mystérieuse collection
d'hippopotames. C'est une vie nouvelle pour lui
puisqu'avant de venir au Canada, Laurent a vécu
en France et en Espagne où il travaillait dans le
commerce des métaux et des minerais. Laurent
Chabin écrit aussi pour les adultes mais il aime
surtout s'adresser aux jeunes : « C'est un bien
meilleur public, dit-il, car les jeunes ne se sentent
pas encore obligés de mentir ! »
L'Assassin impossible est son cinquième roman pour la
jeunesse mais c'est son premier roman policier.

1

LES ROCHEUSES

La neige tombe en gros flocons épais. Pour notre première visite au chalet, nous sommes servis! Nous devions arriver en fin d'après-midi, mais il fait déjà nuit et nous venons à peine de dépasser Banff.

Derrière la vitre de la voiture, c'est à peine si j'ai pu distinguer les lacs Vermilion, en contrebas sur la gauche. Les flocons blancs rayent violemment la nuit, se jetant sur le pare-brise comme s'ils voulaient le briser. Ils me rappellent presque les oiseaux dans le film d'Hitchcock...

Quand je pense au ciel bleu que nous avions en quittant Calgary! Il n'a pas fallu une heure pour que le temps change du tout au tout, comme il arrive souvent en montagne. Mon père conduit lentement, il a l'air un peu tendu.

— Rebecca, me dit-il, mets donc un peu de musique.

À l'arrière, mes amis, Stuart, Falyne et Geneviève commencent eux aussi à trouver le temps long. D'habitude, les montagnes Rocheuses me font un meilleur effet. Elles sont magnifiques. Et la meilleure vue qu'on puisse en avoir, c'est de Calgary même. Pas besoin de monter à la tour, cette affreuse construction de béton qui enlaidit le centre-ville : depuis les quartiers ouest de la ville, en hiver, quand l'air est sec et le ciel impeccablement bleu, on les voit comme si elles étaient toutes proches, fermant l'horizon comme une immense rangée de dents de requin. Cette fois, nous nous dirigeons tout droit dans la gueule du requin.

Chaque fois que je vais en montagne par la Transcanadienne, ce n'est pas seulement notre univers citadin que je quitte, c'est notre univers tout court. Ces pics dentelés et couverts de neige, éblouissants sous le soleil de la matinée, me ramènent aux contes de mon enfance. J'ai l'impression d'entrer dans le monde imaginaire du *Seigneur des anneaux*, aux confins des montagnes de Brume.

Après Canmore, en entrant dans le parc national de Banff, ce sentiment disparaît et la montagne reprend sa réalité. Finies, les interminables lignes droites des plaines. La route serpente au fond de la vallée, puis remonte un peu vers le nord entre des massifs aux noms évocateurs : Castle Mountain, Columbia Icefield, Crowfoot Glacier...

Nous avons laissé Banff sur notre gauche depuis plus d'une heure maintenant. Pour arriver chez monsieur Larsen, nous avons également dû dépasser Lac Louise, puis quitter la Transcanadienne et remonter la vallée.

À partir de là, plus de camions, presque plus de voitures. La neige ne fond pas de tout l'hiver, la route est habituellement blanche et déserte, se partageant le fond de la vallée avec la rivière Bow.

Aujourd'hui, bien sûr, c'est différent puisqu'il neige et qu'il fait nuit. On ne voit ni le ciel ni le sommet des montagnes. Tout est noyé dans une obscurité impénétrable, zébrée par la chute des flocons dans la lumière des phares.

À notre droite, nous devinons la masse imposante de la montagne. De l'autre côté de la route, le nez collé à sa vitre, mon père essaie en vain de distinguer dans le noir l'entrée du chemin qui conduit au chalet de monsieur Larsen. Si ça continue comme ça, nous allons nous retrouver gelés dans les champs de glace Columbia sans l'avoir trouvé!

Soudain une vive lumière jaillit sur notre gauche. Juste au bord de la route, garée dans un sentier, une voiture vient d'allumer ses phares. Surpris, mon père manque de perdre le contrôle de la voiture et nous faisons une embardée.

— Quels sauvages! s'exclame-t-il. A-t-on idée d'aveugler les gens comme ça! Enfin, ça nous aura au moins permis de ne pas nous perdre, c'est justement le chemin qui mène chez Larsen. Nous avons failli le rater.

Nous faisons péniblement demi-tour et nous tournons à droite. L'autre voiture, une grosse jeep, n'a toujours pas bougé.

— Bizarre, reprend mon père. Qu'est-ce qu'ils peuvent bien fabriquer ici? Ils ont peut-être des problèmes de mécanique.

Il arrête la voiture, descend et s'approche de la jeep. Stuart, qui se trouve à l'arrière avec Falyne et Geneviève, décide de sortir aussi pour se dégourdir les jambes. Finalement, je les rejoins à mon tour.

Deux hommes se trouvent dans la jeep. Ils ont baissé la vitre et nous dévisagent sans discrétion. Avant que nous n'ayons pu leur adresser la parole, l'un d'eux nous demande brusquement ce que nous faisons là.

— Nous nous rendons au chalet de monsieur Larsen, au bout de ce chemin, explique mon père. Et vous-mêmes, avez-vous des ennuis?

L'homme secoue la tête, puis il relève sa vitre. Étrange individu. Quant à son compagnon, il n'a pas desserré les dents. Mon père hausse les épaules, et nous remontons en voiture.

Quelques secondes après avoir démarré, mon père jette un coup d'œil dans le rétroviseur.

— C'est curieux, fait-il. Ils sont toujours là. On dirait vraiment qu'ils attendent quelqu'un...

La neige continue de tomber.

2

LE CHALET DE M. LARSEN

Un moment plus tard, nous nous retrouvons bien au chaud dans le chalet de monsieur Larsen et nous oublions la tempête qui règne à l'extérieur.

Nous sommes six dans ce salon, en comptant mon père et notre hôte. Nous sommes venus passer la fin de semaine dans ce chalet de montagne, une longue fin de semaine puisque lundi et mardi nos professeurs sont en journées pédagogiques et nous n'avons pas classe.

Nos parents nous ont donc permis de venir ici, dans les Rocheuses, plutôt que de traîner à ne rien faire à Calgary pendant quatre jours. Au programme, randonnées et ski de fond, sous la direction de monsieur Larsen, propriétaire des lieux et ami de longue date de mes parents.

Je connais déjà la maison. J'y suis venue une fois, avec Stuart et mes parents, un jour que nous faisions du ski à Lac Louise. Stuart, toujours prêt à exagérer les choses, m'avait dit qu'à son avis, ce monsieur Larsen était un vieux fou. C'est faux, bien sûr.

Monsieur Larsen est un vieil homme à cheveux blancs, mais à son œil vif et bleu et à son allure sportive, on devine qu'il a su rester assez jeune. Il vit seul tout au long de l'année dans son chalet, avec son chat, au milieu des sapins.

C'est un original, d'accord. Tout ce que je sais de lui, c'est qu'il a roulé sa bosse dans le monde entier. Il a collectionné aventures et mésaventures dans des pays lointains, puis il s'est retiré dans la solitude du parc de Banff. C'est vrai que je le trouve un peu ours, mais mon père l'apprécie, et il prétend qu'il y a beaucoup à apprendre de lui.

Mes parents et ceux de mes amis se sont donc arrangés avec lui pour le séjour. Il nous fera découvrir la vie sauvage au cœur du parc, au travers de sentiers peu fréquentés, et nous guidera dans nos randonnées à ski ou en raquettes.

Voilà pourquoi nous nous trouvons ici. Mon père doit repartir ce soir même pour Calgary, et nous avons dû promettre de ne pas être un poids pour monsieur Larsen, qui n'a plus l'habitude de vivre avec des jeunes.

— Bien sûr! s'est exclamée Falyne. Nous ne sommes plus des enfants! Nous sommes en huitième année*, non?

Falyne mériterait même d'être en neuvième, d'ailleurs. Elle est plus grande que moi, plus dynamique, aussi. Toujours prête à foncer, à faire des blagues, à prendre la tête des événements. Elle a raison, du reste, puisque nous la suivons...

Hélas, la perspective de belles aventures en montagne s'annonce mal. La neige n'a pas arrêté de tomber et nous sommes confinés dans le salon de monsieur Larsen en attendant que ça cesse. Si cela veut bien cesser!

Mon père n'a pas voulu s'attarder à cause des conditions de circulation. Il m'a embrassée puis il est reparti sans même prendre un café. Monsieur Larsen l'a accompagné jusqu'à sa voiture.

---

*   Équivalent à la classe de quatrième des collèges.

— Dire que mes parents m'ont dit que ça me ferait du bien de faire du sport, grommelle Stuart. Quel sport! J'ai l'impression que ça fait des heures que nous sommes assis là à ne rien faire. Je sens déjà mon ventre grossir!

— Nous pourrions jouer aux cartes, ou au *Trivial Pursuit*, propose Geneviève.

— Oui, c'est ça, reprend Stuart d'un ton rogue. Et pourquoi pas au bingo*, comme des vieilles dames? Quand je pense qu'il n'y a même pas d'ordinateur dans cette baraque!

— Dis donc, Stuart, fais-je d'un air sévère. Calme-toi. Tu es invité, ici, et il y a autre chose dans la vie que les souris et les microprocesseurs.

— Je me le demande, répond-il. Il ne se passe jamais rien, dans la vie. Dans la mienne, en tout cas. Est-ce qu'il ne pourrait pas nous arriver quelque chose à nous, pour une fois?

— Que veux-tu qu'il nous arrive? demande Geneviève naïvement. Nous avons tout...

---

*   Sorte de jeu de loto public au Canada.

— Justement, réplique Stuart. Mais c'est trop ou trop peu. Je voudrais... je ne sais pas, moi, de l'imprévu, de l'inédit... De l'extraordinaire, quoi !

— Une attaque du chalet par les ours, par exemple, suggère malicieusement Falyne, qui ne manque jamais une occasion de se moquer de lui.

— Ou par le Big Foot*, ajouté-je en riant.

— Et pourquoi pas un crime ! reprend Falyne.

— Excellent ! s'exclame Stuart. Ça, ce serait génial ! Un crime inexplicable, dans ce coin de montagne coupé du monde ; et le téléphone en panne, pas moyen d'avertir la police...

— Et les loups qui hurlent autour de la maison, ajoute Falyne.

— Exactement, continue Stuart sans paraître noter le ton narquois de notre amie. Et le vent qui souffle en tempête, et des bruits au grenier...

— Très bien, fait Falyne en riant. D'ailleurs je te vois assez bien dans le rôle du cadavre...

*   Homme des neiges de l'Amérique du Nord.

— Un cadavre? fait soudain une voix derrière nous. Et qui donc voulez-vous tuer?

Nous nous retournons brusquement. Debout dans l'embrasure de la porte, nonchalamment appuyé au montant, monsieur Larsen nous regarde, les yeux mi-clos. Le feu de la conversation s'est éteint. Je me sens obligée de rompre le silence.

— Rassurez-vous, monsieur Larsen. Il n'est question de tuer personne. D'ailleurs, personne n'aurait envie de jouer le rôle du cadavre. Ce n'était qu'une idée de Stuart.

— Ainsi, tu as des idées de meurtre, Stuart? reprend notre hôte.

— Ce n'était pas mon idée, fait Stuart, vexé. Je... je souhaitais simplement qu'il nous arrive quelque chose d'un peu... exaltant.

— Le ski peut être très exaltant, réplique monsieur Larsen. La nature est elle-même très exaltante, vous verrez ça demain. La météo indique que la neige cessera de tomber dans la nuit.

— Oui, bien sûr, soupire Stuart. Je comprends ce que vous voulez dire.

Mais ce n'est pas ce que j'entendais par quelque chose d'exaltant.

— Quoi, alors?

— Eh bien, je ne sais pas, moi, un événement imprévu, qui sorte de l'ordinaire, une aventure... J'ai l'impression que ça n'arrive qu'aux autres.

— C'est peut-être mieux ainsi, fait monsieur Larsen. Les événements, les aventures, comme tu dis, peuvent être palpitants vus de l'extérieur, mais quand on les vit soi-même, on est parfois le premier à déplorer qu'ils se soient produits.

— Mais pourquoi?

— Parce qu'on ne réagit pas dans la réalité comme dans les romans. Toutes ces aventures qui te passionnent au cinéma ou dans les livres, ces histoires effrayantes ou mystérieuses, as-tu déjà pensé à ce que serait ta réaction si tu en étais soudain l'acteur et non plus le spectateur?

— Ce serait génial, non?

— Super génial, ajoute Falyne.

— Croyez-vous vraiment? Qu'une aventure exceptionnelle vous arrive, avec du sang et de la peur, et vous regretteriez bien vite le calme de votre chambre. Les criminels ne sont intéressants que dans les films ou les romans.

— Au contraire, insiste Stuart. Ce serait une expérience fabuleuse. Pensez donc! Enfin la confrontation avec la vraie vie.

— Que prétends-tu donc connaître de la vie, gamin? reprend monsieur Larsen en éclatant de rire. As-tu seulement déjà rencontré la peur?

Stuart ne répond pas. Falyne également a cessé de sourire. Monsieur Larsen a raison. Pourquoi souhaiter des ennuis lorsqu'on n'en a pas? Et puis demain, nous pourrons partir dans la neige. Il vaut mieux oublier toutes ces histoires et aller nous coucher.

Il est d'ailleurs assez tard. Nous allons libérer le salon, où Stuart doit dormir. Falyne, Geneviève et moi occupons la seule chambre libre. Nous nous levons.

Ce n'est qu'au moment où je sors de la pièce que je remarque le chat de monsieur Larsen, un énorme matou gris, nonchalamment allongé sur une rangée de livres, derrière le canapé.

3

UN VISAGE DANS LA NUIT

J'ai du mal à m'endormir, je me tourne et me retourne dans mon lit. Je regarde ma montre. Une heure du matin!

Je repense à ces deux hommes, dans la jeep, près de la route. Que faisaient-ils là, à une heure pareille, si loin du premier village? C'est seulement maintenant que je me rends compte que personne n'y a fait allusion dans la soirée. Si mon père en a parlé à monsieur Larsen, au moment de repartir, celui-ci ne nous en a rien dit.

Je revois cette voiture stationnée au bord du chemin, et ses occupants silencieux à l'intérieur. Je ne me souviens pas avec précision de leur visage, je les ai à peine entrevus, en fait. Des types assez âgés, je dirais, barbus jusqu'aux oreilles, des mines patibulaires...

En revanche, j'ai été frappée par ce que j'ai vu sur la banquette arrière : parmi un amoncellement d'objets indescriptibles, j'ai bien cru distinguer des ramures de cerf. C'est strictement interdit, tout le monde le sait. Des braconniers ?

Je me demande si je ne devrais pas me lever et aller prévenir monsieur Larsen. J'hésite. C'est un peu tard, tout de même. Il doit dormir. Et puis après tout, mon père a dû lui en parler, je me fais du souci pour rien.

N'empêche, je ne dors toujours pas. J'envie Falyne et Geneviève, dont j'entends tout près de moi la respiration régulière. Pour un peu, elles ronfleraient ! Je suis tentée de réveiller Geneviève pour discuter un peu. C'est ma meilleure amie, nous sommes ensemble depuis la classe de première année. Elle est à la fois ma confidente et ma complice, et sa gentillesse est inaltérable. Mais je ne le fais pas. Ce n'est tout de même pas à elle de payer pour mes insomnies.

Je vais plutôt aller boire un verre d'eau ou du lait à la cuisine. Ça me calmera. Inutile d'allumer, ce n'est pas la peine de sonner le branle-bas. La lumière de la lune est suffisante.

Je me lève donc, et me dirige doucement vers la porte. Le couloir est assez
sombre, mais j'y vois assez pour me
rendre au salon et trouver l'escalier qui
descend à la cuisine. À entendre les ron-
flements qui viennent du sofa réservé à
Stuart, je comprends qu'il est superflu de
lui demander s'il dort! Pour Stuart, le
monde est simple : il y a lui, et le reste
qui gravite autour. C'est sans doute pour
ça qu'il dort si bien...

Me voici dans l'escalier. Je dois pro-
gresser à tâtons car l'obscurité s'épaissit
au fur et à mesure que je descends. Je
ralentis. Je n'ai jamais beaucoup aimé le
noir. Tout ça pour un verre de lait?

Arrivée en bas, je me demande même
si je ne vais pas remonter et me contenter
d'un peu d'eau dans la salle de bains. Le
couloir est plongé dans une nuit épaisse,
et j'ai l'impression qu'il y règne un froid
affreux...

Allons, je m'effraie pour un rien. La
porte de la cuisine est la première sur la
gauche, si je me souviens bien. Malheureusement je ne sais pas où se trouve
l'interrupteur, mais en tâtonnant un peu
je devrais y être en quelques pas. Le
cœur battant, je me lance dans le couloir.

Soudain je m'arrête, pétrifiée. J'ai l'impression qu'il y a quelqu'un tout près de moi ! Je n'ai entendu aucun bruit, pourtant, je ne sais pas ce qui me prend, c'est totalement irraisonné, mais c'est plus fort que moi : je ressens une présence toute proche.

Un courant d'air glacé passe sur mes pieds nus. Cette fois, ce n'est pas mon imagination. Je cherche désespérément à percer les ténèbres de ce couloir. C'est alors que je remarque que la porte d'entrée, tout au bout, est encadrée d'un côté par une ligne plus claire. La porte n'est pas fermée !

Mon premier mouvement est de tourner les talons pour remonter en courant. Puis je me rends compte de ma sottise. Comment puis-je être impressionnable à ce point ? La porte n'a pas été fermée hier soir, c'est tout. Je n'ai qu'à le faire moi-même, puisque je suis là.

J'avance jusqu'à la porte. Mais au moment où je vais la pousser, j'arrête brusquement mon geste. J'ai entendu quelque chose, dehors. Des bruits de voix... De nouveau je me sens mal à l'aise, mais la curiosité est plus forte. Qui peut bien discuter dehors, au beau milieu de la nuit?

Lentement, j'entrouvre la porte. L'air de la nuit me frappe en plein visage. Personne. La neige continue de tomber en gros flocons, pas un mouvement ne vient troubler cette blancheur baignée de lune. Le calme et le silence sont impressionnants. J'en viens à me demander si j'ai vraiment entendu quelque chose...

Tout ceci est stupide. Je suis en train de rêver tout éveillée, je ferais mieux de remonter me coucher. Je referme la porte et traverse le couloir jusqu'à l'escalier, sans me retourner, sans même m'arrêter à la cuisine. Tant pis pour le lait. D'ailleurs, je tombe de fatigue, maintenant.

Avant de me coucher, je décide toutefois de passer par la salle de bains. Ma gorge est sèche, un peu d'eau me fera du bien. Là non plus je n'ai pas besoin d'allumer. Cette pièce reçoit la lumière de la lune par une petite fenêtre qui donne sur l'avant du chalet.

Je bois un demi-verre d'eau et je m'apprête à retourner à mon lit quand soudain un éclair attire mon attention à l'extérieur. Je me précipite à la fenêtre. Des phares! Là-bas, derrière les arbres qui bordent le chemin menant à la route principale, une voiture s'éloigne. Je n'aime pas ça. Qu'est-ce que ça signifie?

La lumière disparaît progressivement sous les arbres. De nouveau tout est immobile. Réveiller les autres? À quoi bon, maintenant. Ça n'a pas de sens.

Je contemple un instant les arbres noirs chargés de neige. Je me souviens de l'époque où, petite fille, les sapins me faisaient peur parce que je croyais que des esprits malfaisants vivaient à l'intérieur. Des gnomes hideux et méchants, qui se confondaient avec l'écorce pendant le jour et s'en détachaient pendant la nuit pour s'approcher des maisons. Je souris...

Et soudain mon sourire se fige! Est-ce que je rêve? Suis-je victime d'hallucinations? Ou bien est-ce que je deviens folle? Un visage grimaçant vient de se détacher d'un des arbres, en face de la fenêtre. Un visage de cauchemar, une figure terrifiante zébrée de marques noires, une véritable vision d'halloween...

Je pousse un hurlement et me rue dans la chambre. Falyne et Geneviève, réveillées par mes cris, me regardent comme si je venais de tomber d'une autre planète.

— Que se passe-t-il? me demandent-elles, hébétées. On dirait que tu as vu le diable.

Je ne réponds pas tout de suite. Puis-je vraiment leur raconter ce que j'ai vu? Et suis-je véritablement sûre de l'avoir vu? Je n'arrive pas à y croire moi-même, c'est impossible. Je ne sais quoi dire.

La voix de monsieur Larsen, dans le couloir, me calme soudain.

— Un problème? fait-il d'un ton rassurant tout en frappant discrètement au montant de la porte.

La chaleur de sa voix chasse ma peur. Je peux alors raconter ce que j'ai vu. La porte ouverte en bas, la voiture dans le chemin, et cet affreux visage sous les arbres.

— Une voiture? fait monsieur Larsen, perplexe. C'est impossible. Il n'y a personne ici. Entre Jasper et Lac Louise, tout est fermé en cette saison.

— Je l'ai pourtant vue, fais-je avec insistance. Nous l'avons tous vue, d'ailleurs.

Et je lui raconte notre arrivée, la grosse jeep arrêtée dans le chemin, ses occupants taciturnes et mal embouchés. Le visage de monsieur Larsen se ferme. Il semble brusquement inquiet. Pourtant il ne dit rien.

Enfin il sort lentement de la pièce, indécis.

— Nous verrons tout cela au jour, fait-il d'une voix mal assurée. Pour l'instant, tâchez de dormir. J'avais prévu de partir de bonne heure pour une randonnée.

Après son départ je reste assise dans mon lit. Je discute à voix basse avec Falyne et Geneviève. En ce qui concerne la mystérieuse voiture, il n'y a pas de doute : nous n'avons pas rêvé. Mais ce visage effrayant, que je n'ai entrevu qu'une fraction de seconde avant de me sauver, qu'en est-il réellement?

Je vois bien dans les yeux de mes amies qu'elles n'y croient pas vraiment. Et moi-même, j'avoue...

Finalement, c'est la fatigue et le sommeil qui ont le dernier mot.

4

UNE DÉTONATION

Le lendemain matin, en me réveillant, mon premier soin est de me précipiter à la fenêtre. La neige a cessé de tomber. C'est splendide! Les montagnes sont là, sous mes yeux, éblouissantes sous un ciel parfaitement bleu.

Quelle nuit cependant! Et pourtant, avec le jour, tout ceci me semble n'avoir été qu'une fantasmagorie. Des monstres sortant des arbres, c'est risible! Quant à la voiture, eh bien, quelle affaire, la route est à tout le monde, non?

Les Rocheuses! Voilà quelque chose d'exaltant, en revanche. Ces montagnes sont superbes, couvertes d'un épais manteau blanc, avec leurs pentes habillées de sapins tout décorés de neige étincelante.

De la fenêtre, mon regard embrasse tout le fond de la vallée. La rivière est au trois quarts gelée, mais en de nombreux endroits la glace est brisée et laisse l'eau miroiter au soleil. De l'autre côté le versant est, exposé au soleil matinal, semble tout proche.

Je me sens pleine d'une énergie nouvelle. L'air de la montagne, sans doute. Je fais rapidement ma toilette, m'habille et me précipite à la cuisine. Monsieur Larsen est déjà là, vêtu de son éternelle chemise à carreaux et de ses knickerbockers* qu'il attache avec de larges bretelles. Il est en train de préparer un solide déjeuner.

— Bonjour, Rebecca, fait-il en me voyant apparaître. Je vois que tu es la plus matinale. Va donc me secouer tous ces paresseux, nous allons partir sitôt le déjeuner avalé.

Je ne me le fais pas dire deux fois, ne voulant rien laisser perdre d'une journée qui s'annonce aussi magnifique. Je bats le rappel et, en peu de temps, Stuart et les deux filles se retrouvent debout,

* Culotte utilisée pour le ski.

29

lavés, vêtus, puis attablés devant leurs assiettes bien remplies.

— Bien dormi, Stuart? fait monsieur Larsen d'un ton moqueur. Pas de cauchemars?

— Au contraire, j'ai dormi comme un loir. Je me sens prêt à faire le tour du monde.

Sacré Stuart! Malgré son caractère, j'avoue que je l'aime beaucoup. Il m'amuse, et je sais que, dans le fond, ses manières un peu fanfaronnes ne font que dissimuler un fond assez généreux. Cependant, je n'ose pas lui parler des événements de cette nuit, tant ils me semblent maintenant irréels. Et pourtant, cette voiture...

J'observe monsieur Larsen à la dérobée. Sous son apparente bonne humeur, j'ai l'impression qu'il essaie de dissimuler une certaine inquiétude. Craint-il quelque chose, dont il n'ose pas nous parler pour ne pas nous effrayer?

Allons, tout cela est idiot. Je n'ai pas le droit de gâcher une aussi belle journée à cause de mon caractère fantasque. Je quitte la cuisine en vitesse : je n'ai pas envie d'être la dernière à boucler mon équipement.

Quelques minutes plus tard, nous sommes enfin prêts. Tous les quatre, devant la porte du garage, avec gants et bonnets, et nos skis aux pieds. Monsieur Larsen est le dernier à se présenter.

— Excusez-moi pour le retard, fait-il en arrivant enfin, tout en enfilant un énorme sac à dos. J'avais quelques bricoles à préparer...

Il sourit. Ses soucis semblent avoir disparu. Tant mieux. Mes parents m'avaient prévenue avant de venir que notre hôte était un peu imprévisible, et qu'il était parfois un peu bougon. Il est sans doute dans un bon jour.

— Allons-y, lance finalement notre guide. Je vous rappelle simplement que nous ne sommes pas dans un parc d'attractions, et qu'il n'y a personne à des kilomètres à la ronde. Je tiens donc à ce que nous restions relativement groupés.

— Aucun chasseur dans les environs? demande Stuart.

— Aucun, réplique monsieur Larsen. Nous nous trouvons dans un parc national, toute chasse est interdite.

— Des braconniers, alors, fait Falyne. Hier soir nous avons vu...

31

— Jeunes gens, je crois que vous avez un peu trop d'imagination, coupe brusquement monsieur Larsen. Nous sommes absolument seuls, dans cette vallée. Et maintenant, partons.

Je ne sais pas si cela est dû à l'énervement, mais j'ai l'impression que monsieur Larsen ne dit pas la vérité. L'expression qu'il a eue en disant qu'il n'y avait que nous par ici m'a semblée un peu trouble.

Peut-être n'ai-je pas rêvé, après tout. Peut-être quelqu'un rôde-t-il vraiment dans les environs. Si on nous met tellement en garde contre les braconniers et les trafiquants, c'est bien parce que ces gens-là existent. Pourquoi cette attitude équivoque de monsieur Larsen? Tout cela me paraît bizarre.

Heureusement, cette ambiance désagréable ne dure pas. Le paysage grandiose des Rocheuses en février est capable d'effacer tous les soucis.

Notre guide a pris la tête, reconnaissable entre mille avec son bonnet rouge, ses chaussettes montantes de même couleur, et ce sac sur son dos qui me semble beaucoup trop grand pour une randonnée de quelques heures.

Dans ses traces Geneviève, Falyne, moi-même, et Stuart qui ferme la marche. Très vite, en glissant sur la neige au milieu des sapins coiffés de blanc, j'oublie tout pour me griser d'air pur et de lumière.

Monsieur Larsen nous entraîne sur la neige fraîche en direction de la rivière. L'espace est plat et dégagé. De chaque côté de nous, les versants couverts de sapins montent vers le ciel.

Je n'ai jamais compris pourquoi on parle de la noirceur des sapins dans les livres. Ici les sapins sont verts. Vert sombre, peut-être, mais verts. Au-dessus d'eux, la roche nue s'élève brusquement, comme si elle avait crevé ce tapis végétal.

Entre deux pics, nous apercevons parfois la masse bleutée et brillante d'un glacier, déposée là comme une pierre précieuse. J'imagine une aigue-marine perdue là par un géant de légende...

Après un long trajet, nous obliquons enfin à droite et nous laissons la rivière derrière nous. La pente s'élève, insensiblement d'abord, puis de plus en plus raide. Assez loin devant nous, les premiers sapins dessinent une ligne sombre vers laquelle se dirige la piste.

Monsieur Larsen est rapide. J'ai un peu de mal à suivre le mouvement, et l'espace entre nous s'étire de plus en plus. Derrière moi Stuart s'impatiente. Je l'entends grogner :

— Rebecca, tu retardes tout le monde! Je piétine, je fais du sur-place. Mon seul paysage, c'est ton dos!

Vraiment quelle amabilité! Il exagère. Après tout ce n'est pas une course. Et s'il n'est pas content de mes performances, il n'a qu'à quitter mes traces et passer devant.

Finalement monsieur Larsen, se rendant compte de la situation, s'arrête et ordonne la pause. Il était temps, je n'en peux plus. Pendant le repos, pour faire plaisir à Stuart, le guide modifie notre ordre de marche. Stuart marchera en tête, monsieur Larsen suivra, et les autres conserveront la même place. Ainsi chacun ira à son rythme.

Après la pause, nous repartons donc dans ce nouvel ordre, en direction des arbres. Bien entendu, une demi-heure ne s'est pas passée que Stuart a déjà disparu

34

dans les sous-bois, avalé par les méandres de la piste. Monsieur Larsen nous avait pourtant conseillé de rester groupés.

Le plus curieux, c'est que celui-ci ne dit rien. Sans doute n'est-il pas d'humeur à jouer les éducateurs. D'ailleurs, ce n'est pas son genre. Et puis, j'ai l'impression que Stuart l'agace un peu.

Cette côte n'en finit pas. À notre tour, nous avons pénétré sous les arbres, mais je suis tellement essoufflée que je ne jouis même plus du paysage. Au bout d'un moment, voyant nos mines fatiguées, monsieur Larsen fait un nouvel arrêt.

— Vous pouvez vous reposer ici, nous dit-il. Je vais aller chercher ce garnement de Stuart, la plaisanterie a assez duré.

Et monsieur Larsen repart seul, sur les traces laissées par notre ami. Sa foulée est longue et rapide, et très vite nous le voyons disparaître dans un virage, plus haut, sous les sapins.

Exténuée, je détache mes skis et je m'étends sur le dos, à même la neige, puis je me laisse aller au plaisir du farniente. Geneviève m'imite rapidement, et seule Falyne reste debout, les yeux fixés vers le bout de la piste où sont partis Stuart et monsieur Larsen.

Le silence est impressionnant. C'est comme si nous étions enveloppées dans du coton. Les yeux perdus dans le bleu intense du ciel, je me sens délicieusement engourdie. Pas un bruit, pas une mauvaise odeur, la ville est si loin...

Soudain je me relève en sursaut. Une détonation vient de retentir, toute proche. Le son semble venir des arbres au milieu desquels ont disparu Stuart et monsieur Larsen. C'est un coup de feu, il n'y a pas de doute, dont le claquement roule dans la vallée comme un coup de tonnerre.

Mon cœur se serre. Qu'est-ce que cela signifie? Que se passe-t-il?

5

UN CRIME DANS LA NEIGE

Je regarde Falyne et Geneviève, qui sont debout à côté de moi. Geneviève est blême, Falyne fronce les sourcils. Aucune de nous n'ose parler. Là-bas rien ne bouge. Après avoir longuement roulé dans la vallée, le bruit de la détonation s'est maintenant éteint, mais j'ai l'impression qu'il résonne encore à mes oreilles.

— S'il n'y a pas de braconniers dans le parc, murmure Falyne au bout d'un moment, j'aimerais bien savoir qui tire des coups de feu comme ça.

— Moi, dit Geneviève, ce que j'aimerais, c'est que les autres ne tardent pas trop à revenir. Tout cela ne me plaît pas du tout.

— Ce sont peut-être les gardes du parc qui ont trouvé un ours trop agressif et qui essaient de l'éloigner, fais-je pour la rassurer.

— Éloigner un ours à coups de fusil! coupe Falyne. Où est-ce que tu as vu faire ça? Et puis les ours, ils dorment, en ce moment.

— Mais s'il y a un ours, c'est terrible, reprend Geneviève. Il a peut-être attaqué Stuart, peut-être va-t-il nous attaquer nous aussi?

— Il faudrait aller voir, dit Falyne avec détermination.

Cette idée ne me plaît guère, et Geneviève y est carrément opposée. De plus, il n'est pas question de nous séparer. Aussi décidons-nous de rester où nous sommes et d'attendre le retour de Stuart et de monsieur Larsen. D'ailleurs, ils nous donneront probablement une explication toute simple à ce coup de feu.

Nous nous asseyons donc dans la neige, à l'exception de Falyne, qui ronge son frein et va et vient avec impatience. Le silence est revenu, troublé seulement par le crissement des chaussures de Falyne dans la neige.

Une bonne demi-heure se passe, sans que personne ne revienne. Notre énervement va croissant. Soudain, Falyne s'arrête et déclare :

— Ça ne peut pas durer ! Nous n'allons pas attendre la nuit ici, sans rien faire. Il a dû leur arriver quelque chose. Nous devons aller voir.

Cette perspective ne nous enchante pas, mais elle a raison. Je me lève sans entrain. Alors que j'attache les fixations de mes skis, un cri de Falyne me fait relever la tête :

— Regardez, là-bas ! Ils reviennent !

Effectivement, en haut de la piste, une silhouette se détache et s'avance vers nous. Une seule silhouette.

— C'est curieux, fait Falyne. On dirait que c'est Stuart. Mais où est donc passé monsieur Larsen ?

Stuart approche rapidement, glissant dans les traces qu'ils ont laissées à l'aller. Pourquoi revient-il seul ? Les quelques minutes qu'il met à nous rejoindre nous paraissent des heures.

Enfin Stuart est là, à côté de nous, essoufflé. Sa figure devrait être rouge à cause de l'effort, mais je constate avec surprise qu'elle est plutôt blême. Stuart a l'air complètement retourné.

— Que s'est-il passé? demande brusquement Falyne sans lui laisser le temps de reprendre haleine. Où est monsieur Larsen?

Sans répondre, Stuart la regarde, puis il baisse les yeux. Enfin il se racle la gorge et, d'une voix étouffée, il laisse tomber:

— Il est là-bas, il est resté là-bas... Il est mort.

— Ce n'est pas drôle, Stuart, arrête tes plaisanteries, elles ne font rire que toi.

— Je ne ris pas, répond-il avec peine, comme s'il avait une boule dans le gosier. Je l'ai vu, couché dans la neige, sans mouvement.

— Que veux-tu dire par là? reprend Falyne. Il a eu un accident?

— Non, fait Stuart de sa voix sourde, presque inaudible. Pas un accident. Il a été tué, il a été assassiné...

Geneviève et moi sommes complètement abasourdies. Assassiné? C'est horrible! Mais contre toute attente Falyne se met brusquement en colère contre Stuart.

— Écoute, Stuart, crie-t-elle. Ça suffit comme ça! Arrête tes histoires, ce n'est vraiment pas le moment. Cesse de nous faire ton cinéma et dis-nous ce qui se passe!

Stuart semble totalement déboussolé par cette attaque inattendue. Il n'ose pas soutenir le regard de Falyne, ni le nôtre.

— Mais je vous assure, balbutie-t-il. Ce ne sont pas des histoires. Je l'ai vu, allongé dans la neige, mort. Je... je n'ai pas su quoi faire, je suis revenu ici...

Ça me fait de la peine de voir Stuart ainsi, bredouillant, honteux, incapable de fixer son regard. Lui qui est si sûr de lui, d'habitude, si brillant. Lui qui réclamait hier encore à grands cris une aventure, un crime, le voilà servi. Mais sa réaction est bien loin d'être celle qu'il imaginait!

— Stuart, lui dis-je doucement en posant la main sur son épaule, je te crois, nous voulons bien te croire, mais tu dois nous dire tout ce que tu as vu exactement.

Stuart se reprend un peu, se redresse et, voyant que la colère de Falyne est tombée, il commence son récit:

— Eh bien, ce matin, j'ai fait un peu le fou... je n'aurais pas dû partir seul en

41

tête, pour me distinguer, mais j'enrageais de me traîner à l'arrière. Et puis j'avais l'impression que monsieur Larsen nous considérait comme des gamins. Bref, j'ai filé et je vous ai semés assez vite. Je glissais très vite sous les arbres, j'étais très content de moi, je me sentais bien. Et tout à coup, j'ai entendu un coup de feu, derrière moi.

— Nous l'avons entendu également, commente sèchement Falyne. Monsieur Larsen était déjà parti à ta recherche depuis un bon moment.

— La détonation m'a fait un choc, reprend Stuart. J'ai immédiatement pensé aux braconniers, et je me suis demandé pourquoi monsieur Larsen persistait à nier qu'il y avait des chasseurs dans le parc. Je suis donc reparti en arrière pour vous rejoindre et savoir de quoi il retournait. J'ai dû skier un bon moment, car j'avais pris pas mal d'avance.

— As-tu vu quelqu'un? interroge Geneviève.

— Non, j'étais seul sous les arbres. Le bois est assez dense, là-bas, mais ce qui est sûr, c'est qu'il n'y avait pas d'autres traces de ski que les miennes. Je commençais à fatiguer, mais j'allongeais le pas parce qu'à vrai dire, hum... eh bien, je ne me sentais pas très rassuré.

C'est alors que je l'ai vu, dans un virage, allongé sur le côté de la piste. Je me suis précipité, pensant qu'il était tombé. Mais en m'approchant, j'ai remarqué une large tache de sang sous sa tête. Je me suis brusquement arrêté, paralysé. C'était un cadavre, inerte, couché sur le ventre, avec ce sang qui coulait... Je me suis affolé, je ne me suis même pas demandé si l'assassin était encore là, embusqué derrière un arbre, et j'ai détalé pour vous rejoindre.

— Tu... tu ne l'as pas touché, pour voir? demande Falyne d'une petite voix.

— Non, non. Je te dis que j'ai paniqué, je n'ai pas réfléchi. La seule chose qui m'a frappé, sur le moment, c'est qu'il n'y avait absolument aucune trace dans la neige, à part celles de nos skis.

— Le coup de feu a pu être tiré d'assez loin, fait Falyne. Mais comment peux-tu être sûr que monsieur Larsen est bien mort, si tu ne l'as même pas approché? Peut-être n'est-il que blessé.

— C'est juste, dit Stuart en se ressaisissant. J'ai été stupide. Euh... il faut que je retourne là-bas.

— Pas question d'y aller seul, coupe Falyne. Nous devons rester groupés.

— Mais est-ce qu'il ne vaudrait pas mieux aller avertir la police? demande Geneviève.

— Plus tard, réplique Falyne. Le chalet est trop loin, et les secours mettront trop de temps. Si monsieur Larsen est blessé, il ne faut pas perdre une seconde. Allons-y.

Sans plus attendre, nous nous mettons en route, Falyne en tête, suivie par Stuart. Tout en haletant derrière eux, je me perds en conjectures. Qui a bien pu vouloir assassiner ce vieil homme? Et pourquoi? Le meurtrier rôde-t-il encore dans les parages? Est-ce un fou? S'en tiendra-t-il à ce crime, ou bien voudra-t-il en supprimer tous les témoins? Malgré la chaleur due à l'effort, je frissonne.

Bientôt le sous-bois devient plus épais. La piste est beaucoup plus sinueuse et la vue ne porte pas très loin. Le paysage est lugubre, en comparaison avec les espaces ouverts et lumineux que nous avons traversés dans la matinée. Je ne me sens pas très à l'aise, mais je ne veux rien laisser paraître devant les autres.

Après de longues minutes d'un parcours fatigant, Stuart nous indique enfin que nous approchons.

— C'est là-bas, dit-il en pointant son doigt. Derrière ce gros arbre.

Sa voix n'est pas très ferme, et à l'approche du lieu du crime, je ne peux pas dire non plus que nous soyons très enthousiastes. Nous avançons lentement, à présent, scrutant avec méfiance le sous-bois, devinant derrière chaque tronc une forme menaçante, imaginant dans les rares rayons de soleil qui parviennent jusqu'ici l'éclair d'un fusil.

Le sentier monte jusqu'à un virage assez raide, à quelques mètres de nous. C'est là que se trouve monsieur Larsen, nous dit Stuart, en contrebas de la piste, invisible d'ici.

Cette fois nous accélérons. Stuart a repris la tête. Il arrive le premier en haut de la côte. Et là il s'arrête, les bras ballants, comme une statue, figé dans une attitude hébétée. Dans un ultime effort nous le rejoignons et, à notre tour, nous contemplons sans comprendre un spectacle qui nous plonge dans une complète stupéfaction.

À quelques mètres de nos pieds, au bord d'un espace de neige tassée par la chute d'un corps, une tache rouge sombre se détache sur la blancheur immaculée. Mais de cadavre, aucun. Le corps de monsieur Larsen a disparu !

6

DES TRACES DANS LA NEIGE

— Ils l'ont emporté! s'exclame Stuart.

— Qui, ils? demande Geneviève en jetant des regards inquiets tout autour d'elle.

— Eh bien, je ne sais pas, moi, répond Stuart d'une voix mal assurée. Eux, les assassins...

— Qu'est-ce qui te fait penser qu'ils étaient plusieurs? interroge Falyne.

— À vrai dire, rien. Mais il a bien fallu que quelqu'un l'emporte, et avec ses skis et son sac à dos, ce n'était pas une mince affaire. Il aura fallu deux hommes au moins.

— Dites donc, fait Falyne dont les yeux sont fixés là où le corps aurait dû se trouver, il n'y a rien qui vous étonne, dans ces traces?

À notre tour nous examinons l'endroit. Il y a de quoi surprendre, en effet. À part le tassement de la neige à la place du corps, aucune trace n'est visible aux environs, aussi loin que le regard porte.

— Mais enfin, c'est invraisemblable! s'écrie brusquement Stuart. Comment a-t-il pu disparaître? Il ne s'est tout de même pas envolé!

Instinctivement, nous nous rapprochons les unes des autres. Falyne semble hésiter, puis elle décoche à Stuart un regard perçant et comme chargé de reproches.

— Dis donc, Stuart, fait-elle après un long silence. Tu es sûr que tu n'as pas monté une plaisanterie de mauvais goût avec monsieur Larsen, pour nous effrayer, simplement parce que tu es en mal d'émotions?

Stuart bondit. Il devient écarlate et il explose.

— Tu es folle! s'écrie-t-il. Tu crois vraiment que je pourrais jouer ainsi avec la mort? Ce que j'ai dit hier était un jeu, un jeu stupide, peut-être, mais rien qu'un jeu. Je suis bien le premier à regretter que tout cela arrive. Et puis, penses-tu que monsieur Larsen se serait prêté à une telle mise en scène? Et cette tache de sang, crois-tu que je l'ai inventée? Il y a un criminel dans le coin, il est peut-être même en train de nous observer. Cesse un peu de tout prendre à la légère!

Il a raison. Monsieur Larsen a d'ailleurs été le premier à trouver ridicule cette idée de considérer un crime comme un divertissement possible. Non, il n'y a pas de doute : notre guide a bel et bien été assassiné, et le meurtrier ne peut pas être loin! Que les circonstances du crime soient inexplicables ne change rien à sa réalité.

Falyne, d'ailleurs, se rend vite compte qu'elle s'est laissé emporter.

— Excuse-moi, fait-elle, plus calme. Mais tout cela est si étrange, je n'y comprends rien.

— Ce que je comprends, intervient Geneviève, c'est que vous restez là à discourir alors que l'assassin court encore. Qui dit que nous sommes en sûreté nous-mêmes?

— C'est vrai, ajouté-je. Nous ne pouvons pas rester ici. Il faut rentrer au chalet le plus vite possible et avertir la police.

Il n'y a rien d'autre à faire pour le moment. Pour ne pas brouiller les pistes éventuelles avant l'arrivée de la police, nous évitons de piétiner les lieux et nous repartons sans même avoir quitté le sentier. Je consulte ma montre, il est plus de midi. Il faut se hâter.

Malgré notre fatigue et la faim qui commence à se faire sentir, nous ne faiblissons pas. Aucun de nous n'a envie de s'attarder dans ce lieu qui, en quelques instants, a perdu pour nous tout son charme paradisiaque.

À mi-chemin, nous devons tout de même faire une pause car nous n'en pouvons plus. Allongée dans la neige, j'essaie de mettre un peu d'ordre dans mes idées. Quel crime abominable, et si incompréhensible! Comment tout cela a-t-il pu se produire? Et pourquoi?

Qui aurait eu intérêt à tuer un vieil homme solitaire? Des braconniers? Cette voiture, hier soir, et l'homme sous les arbres. Monsieur Larsen avait eu l'air inquiet. Et puis je le revois, ce matin, nous affirmant qu'il n'y avait pas de chasseurs dans le parc. Je me souviens que son attitude ne m'avait pas parue très franche, sans que je puisse m'expliquer pourquoi. Mais pour quelle raison nous aurait-il menti ?

Mes amis, à qui j'expose ces pensées, ne comprennent pas davantage.

— C'est curieux, en effet, dit Falyne. Mais peut-être voulait-il simplement nous cacher certaines choses pour ne pas nous effrayer inutilement.

— Inutilement ! s'exclame Geneviève. Mais il y a eu crime, justement. S'il y avait un danger, et s'il en était conscient, pourquoi a-t-il pris le risque de nous emmener ? C'était de la folie !

— C'est peut-être lui, le criminel, hasarde Stuart. Moi aussi j'ai trouvé son attitude étrange. Son passé n'est peut-être pas irréprochable. Pourquoi vivait-il tout seul ici ? Vous trouvez ça normal, vous, qu'un type qui a soi-disant fait plusieurs fois le tour du monde se retire dans un coin pareil ? Peut-être se cachait-il...

— Mais de qui ?

— Je ne sais pas, moi. De ses anciens complices, par exemple. Il a peut-être trempé dans des histoires douteuses, dans des trafics inavouables. Il a voulu se mettre à l'abri ici, mais les autres l'ont retrouvé pour le descendre. Ce sont eux qui étaient là hier soir, et il s'en est rendu compte. Et il a pensé que nous pourrions lui servir de parapluie...

— Il y a beaucoup de peut-être dans ton histoire, remarque Falyne. Sur quoi la bases-tu? Et pourquoi ne pas faire intervenir la C.I.A., et le K.G.B.? Tu lis trop, Stuart.

Vexé, Stuart ne dit plus rien. Nous ne sommes pas plus avancés. Tant pis, il faut repartir, maintenant.

Bientôt le chalet est en vue. Nous respirons mieux. Mobilisant toute l'énergie qui nous reste, nous fonçons sur lui. La maison se rapproche rapidement. Mais quelques dizaines de mètres avant d'arriver, Stuart s'immobilise brusquement.

— Que se passe-t-il? fait Falyne. Tu as vu quelque chose?

— Non, répond-il. Mais je me demande si nous ne sommes pas en train de nous jeter dans la gueule du loup. Voyons, un homme a été assassiné. Voici sa maison. Que sont devenus les assassins, dans cette contrée inhabitée? Où ont-ils pu aller?

— Tu veux dire qu'ils sont peut-être à l'intérieur? fait Geneviève d'une voix étranglée.

— Je n'en sais rien, reprend Stuart. Mais c'est bien possible...

Cette idée me glace le sang. Cet horrible individu que j'ai aperçu cette nuit, dans la maison? Et puis, isolés ainsi sur la blancheur de la neige, loin de tout abri, quelle belle cible nous faisons!

— Il faut prendre une décision, fait Falyne. Nous ne pouvons pas repartir dans la forêt, ni rester dehors, en vue de ces fenêtres dont nous ne savons pas si elles nous cachent une arme.

— Que proposes-tu, alors? demande Geneviève.

— Entrer dans la maison. Mais auparavant, en faire le tour et voir s'il y a des traces. Ainsi nous serons fixés.

C'est risqué, mais nous n'avons rien d'autre à proposer, et il commence à faire froid.

Lentement, avec prudence, nous approchons donc du chalet, la peur au ventre. J'en ai les jambes tremblantes.

C'est tout juste si j'arrive à tenir sur mes skis, tant je suis incapable de contrôler mes mouvements. Je ne sais pas ce que c'est que le frisson de l'aventure, mais je pourrai dire que j'aurai connu celui de l'angoisse!

Nous parvenons sans encombre près de la porte du garage. Personne ne s'est manifesté dans la maison, aucun bruit suspect ne s'est fait entendre. Tout en avançant, nous avons minutieusement examiné les alentours: pas de traces de ski ou de pas, hormis les nôtres, qui datent de ce matin. Ouf! Je me sens un peu mieux, mais l'anxiété me tenaille toujours.

Nous enlevons rapidement nos skis, puis Falyne se précipite à la porte et y colle son oreille. Nous retenons notre respiration. Enfin elle se redresse.

— Je n'ai rien entendu, murmure-t-elle. Faisons le tour du chalet.

— Est-ce bien nécessaire? fait Geneviève dans un souffle.

— Bien sûr. *Ils* sont peut-être entrés par derrière.

Je me suis réjouie trop vite! Évidemment, si un éventuel intrus se trouve à l'intérieur, il a pu entrer par derrière. La peur me reprend, atroce.

— Inutile de nous séparer, fait Falyne à voix basse. Ce serait imprudent.

Aussitôt nous nous mettons en mouvement, à la queue leu leu. Personne ne parle, c'est à peine si nous osons respirer. Nous longeons le mur du garage par la gauche, prenant appui sur lui de la main. Ce mur, ainsi que le suivant, est dépourvu de toute ouverture au rez-de-chaussée. La neige est si molle, si fraîche, que même si un écureuil s'est approché il aura laissé une trace visible comme le nez au milieu de la figure.

Au premier angle de la maison, Falyne, qui a pris la tête, s'arrête un instant et jette un coup d'œil de l'autre côté.

— Tout va bien, chuchote-t-elle en se retournant vers nous. Personne en vue, continuons.

Nous continuons notre progression le long du mur. Ce mur n'est pas droit. Il y a au bout une sorte d'avancée, comme si une cabane avait été ajoutée à la construction principale. Nous y sommes assez vite. C'est effectivement une sorte de cabane de jardinier. Elle doit probablement s'ouvrir sur l'extérieur.

Stuart s'écarte du groupe pour la contourner par la gauche. Mais il n'a pas fait trois pas qu'il s'arrête en étouffant un cri. Nous le rejoignons aussitôt, et nous nous figeons sur place à notre tour, pétrifiées. Pas besoin de nous faire un discours : sur la neige, nettement dessinées, des traces de raquettes viennent de la montagne et aboutissent à la porte de la cabane !

L'assassin est dans la maison !

7

PRIS AU PIÈGE

La peur s'abat soudain sur nous. Jusqu'ici elle était diffuse, elle nous entourait, elle nous guettait comme une bête fauve, mais au plus profond de nous-mêmes nous espérions encore que tout cela ne pouvait pas nous toucher. Cette affaire n'était pas la nôtre.

Mais maintenant c'est différent. Nous sommes nous-mêmes pris au piège. Comme le disait Stuart, nous nous sommes bêtement jetés dans la gueule du loup. Nous voilà perdus dans cette immense solitude, à la merci d'un assassin sans pitié.

Pour ne pas m'effondrer, je m'adosse au mur du chalet. Geneviève m'imite. Je pense aussi que, instinctivement, nous nous sentons un peu plus protégées en nous plaçant ainsi, hors de vue des fenêtres de l'étage, qui sont légèrement en surplomb.

Après un instant d'indécision, Stuart et Falyne, blancs comme des linges, nous rejoignent et se serrent contre nous. Nous restons immobiles un bon moment, les jambes flageolantes, sans oser émettre le moindre son.

— Nous sommes fichus, murmure enfin Stuart d'une voix entrecoupée, comme s'il avait le hoquet. Avec le bruit que nous avons fait, il nous a certainement repérés. Nous sommes faits comme des rats.

— Ce n'est pas sûr, fait Falyne après un long silence. Le chalet est très bien insonorisé. Il y a des doubles vitrages, quand les fenêtres sont fermées, on n'entend pratiquement rien du dehors.

— Je te trouve bien naïve, tout d'un coup, siffle Geneviève d'une voix rauque. Tu n'imagines tout de même pas qu'il dort tranquillement là-haut en attendant que nous allions chercher la police!

— D'autant plus qu'il ne peut pas ignorer notre existence, ajouté-je. Nous étions visibles à des kilomètres, sur cette neige. Depuis hier soir le tueur et ses acolytes surveillent la maison. Ils nous ont vus arriver, ils savent que nous sommes là...

— Alors ça veut dire que nous sommes les suivants sur leur liste! fait Stuart.

— Mais s'ils avaient voulu nous supprimer, observe Falyne, pourquoi ne l'ont-ils pas fait là-bas, sous les arbres? Nous étions à leur portée, sans défense. Or ils ont attendu que monsieur Larsen soit seul.

Je vois Stuart piquer du nez à cette remarque. Le pauvre! Il doit se sentir responsable de tout ce qui arrive. C'est à cause de lui, en effet, que monsieur Larsen s'est retrouvé seul pendant un bon moment. Et puis, ce crime qui défie la raison, il y a de quoi être mal à l'aise.

— Quoi qu'il en soit, reprend Falyne, nous ne pouvons pas rester ici. La nuit va tomber, et...

— Alors nous en profiterons pour nous enfuir, coupe Geneviève. Je ne tiens pas à m'éterniser ici. Vous êtes peut-être des héros, mais moi, je suis morte de peur.

— Et où donc penses-tu aller ? réplique Falyne. Nous sommes à des kilomètres et des kilomètres de toute présence humaine. Crois-tu que les gardes dorment dans les centres d'interprétation en nous attendant ? Le plus proche est à Lac Louise. Tout ce que nous risquons, c'est de nous perdre dans la montagne.

— Qu'est-ce que tu proposes, alors ?

— Eh bien... je crois qu'il n'y a pas d'autre solution : nous devons essayer d'entrer dans la maison...

— C'est de la folie ! m'exclamé-je d'une voix étouffée. Que pouvons-nous faire contre des hommes armés ? Nous ne savons même pas combien ils sont !

— Il n'y a qu'une seule trace qui aboutisse à cette porte, dit Stuart, qui semble retrouver un peu d'assurance. À moins que plusieurs types se soient amusés à mettre leurs pas dans ceux de celui qui les précédait — ce qui me paraît invraisemblable — j'en déduis qu'un seul homme est entré par ici.

— Bravo, inspecteur, fait Falyne. Mais j'en déduis aussi qu'il n'est pas ressorti. Il faudra donc être extrêmement prudents. C'est un assassin, pas un voleur de pommes.

— Hier soir nous avons vu deux hommes, dit Geneviève, et tout à l'heure Stuart nous certifiait qu'il en avait fallu au moins deux pour faire disparaître le corps de monsieur Larsen. Maintenant il nous prouve qu'il n'y en a plus qu'un seul. Où est la logique?

— Et où se trouve monsieur Larsen? ajouté-je.

Stuart ne répond pas. Il avale péniblement sa salive. Falyne le regarde. Elle non plus, n'a pas de réponse.

— Allons-y, annonce enfin Stuart en respirant un grand coup. Je passerai devant, et je vous ferai signe au moindre danger.

— Ne te sens pas obligé de prendre ce risque, lui dit Falyne. Après tout, c'est moi qui ai proposé d'entrer dans le chalet. C'est à moi d'y aller.

— Nous n'allons pas nous disputer, répond Stuart, ni nous poser maintenant la question des responsabilités. De toute façon, je n'ai pas dit que j'y allais seul. J'espère bien que vous serez derrière moi...

Tout cet échange a lieu à voix basse, bien entendu. Pourtant, à chaque phrase, nous avons l'impression de pousser des hurlements à réveiller les morts, comme si chaque mot, même murmuré avec la plus grande discrétion, allait éclater aux fenêtres de l'étage.

Le soleil a disparu derrière les montagnes. À cause de l'éclat de la neige, il fait encore assez clair, mais le froid tombe et l'ombre va rapidement gagner du terrain.

Nous décidons de revenir au garage, en contournant le chalet par l'autre côté pour vérifier qu'aucune autre empreinte ne s'y trouve. Ce matin, en partant, il nous semble bien que monsieur Larsen n'en a pas verrouillé la porte, nous pourrons donc y entrer facilement.

Sans un bruit, nous nous glissons de nouveau le long du mur. À chaque seconde, je suis tentée de lever les yeux vers les fenêtres de l'étage, mais j'appréhende tellement d'y apercevoir de nouveau le visage hideux et ricanant que je n'ose à aucun moment détacher mon regard du sol.

C'est pourtant stupide, je sais très bien que l'étage est plus large que le rez-de-chaussée et que, de là-haut, il est impossible de voir le pied du mur à moins de sortir la moitié du corps par la croisée.

Cependant, je sens cette menace au-dessus de nos têtes comme une épée de Damoclès, et j'ai beau me raisonner, mon estomac reste noué. Je ne ressens même pas la faim que je devrais éprouver.

Nous avons achevé le tour de la maison. Nulle part nous n'avons trouvé d'autres traces. Arrivés à la porte, nous examinons le système d'ouverture. La lumière est maintenant très faible, et nous n'y voyons pas grand-chose.

— Une chose est sûre, murmure Stuart, c'est que si nous tentons d'ouvrir cette porte basculante, le bruit sera tellement épouvantable qu'on nous entendra jusqu'en Colombie Britannique !

— Ce n'est pas nécessaire de faire fonctionner le mécanisme, répond Falyne. Essayons de la soulever très légèrement, et nous nous glisserons par-dessous. Vingt ou trente centimètres, ça devrait suffire.

— Hum, fait Stuart en se passant la main sur le ventre. Heureusement que nous n'avons rien mangé depuis ce matin. Je commence à le ressentir cruellement, d'ailleurs.

— Assez parlé, allons-y.

Lentement, très lentement, Stuart fait tourner la poignée qui commande l'ouverture. Monsieur Larsen doit être très soigneux car aucun grincement ne se fait entendre, comme nous le redoutions. Quand nous entendons le déclic, Falyne, Geneviève et moi bloquons le bas de la porte pour éviter qu'elle ne s'ouvre en grand, dans un tintamarre de tous les diables.

Puis nous la tirons légèrement, tout en la maintenant fermement, et la porte se met à basculer, centimètre par centimètre. Quand il juge l'ouverture suffisante, Stuart se couche sur le sol et, après nous avoir adressé un regard inquiet, il se glisse à l'intérieur.

C'est notre tour, maintenant. Une à une, nous passons dans l'étroite ouverture et, une fois de l'autre côté, nous reprenons notre prise pour empêcher la porte de basculer complètement.

Lorsque nous nous retrouvons tous les quatre à l'intérieur, nous la tirons à nous pour refermer, avec d'infinies précautions pour prévenir tout choc bruyant. Enfin, la porte se retrouve verticale. Ça y est. Nous sommes dans la place.

Au moment où le dernier rai de lumière a disparu sous la porte, j'ai ressenti un violent pincement au cœur, et une sueur glacée a coulé entre mes épaules. Mais il est trop tard maintenant pour reculer. Je me demande si nous savons ce que nous faisons. Nous sommes fous...

L'obscurité est totale. Nous ne savons pas ce que nous devons faire. Nous n'avons qu'une seule certitude: nous sommes cinq dans cette maison. Nous-mêmes, et un assassin dont nous ne savons rien...

Et brusquement, la lumière jaillit!

8

SUEURS FROIDES

Que s'est-il passé? Une lumière blanche et crue inonde le garage, aveuglante. D'instinct, je me plaque contre le mur. Je vois Stuart et Falyne se jeter à terre, contre une grosse voiture noire qui se trouve là. Geneviève, elle, reste immobile, la bouche ouverte, les bras écartés du corps, complètement pétrifiée.

J'ose à peine bouger les yeux. Il n'y a pas un bruit. Où est-il? Que fait-il? C'est un sadique ou quoi? Pourquoi ne se montre-t-il pas? Prend-il plaisir à nous plonger ainsi dans la terreur, jouit-il du pouvoir qu'il a sur nous? Pire qu'un tueur, c'est un fou, un fou dangereux. Que va-t-il faire de nous?

Rien pourtant ne vient rompre le silence. Les bras de Geneviève retombent doucement et pendent le long de son corps. Sa bouche se referme. Enfin elle tourne lentement la tête vers moi.

— Rebecca, tu as vu quelque chose? fait-elle dans un souffle, en remuant à peine les lèvres.

— Non, chuchoté-je. Je n'y comprends rien. Il n'y a personne... Stuart, Falyne, où êtes-vous?

Tout à coup, j'aperçois notre ami qui se dégage de la voiture sous laquelle il s'était caché. Il se relève péniblement, ainsi que Falyne, qui se trouvait avec lui sous l'auto. À part nous quatre et la grosse voiture de monsieur Larsen, le garage est vide. Illuminé mais vide. Qui donc a allumé?

Nous promenons nos regards dans tout le garage avec angoisse, mais rien ne bouge. La porte du fond, qui communique avec la maison, est fermée. Un cadavre qui disparaît sans laisser de traces, une lampe qui s'allume toute seule... est-ce que je deviens folle? Est-ce que je rêve? Ce n'est plus possible, je voudrais que ce cauchemar cesse une fois pour toutes.

Soudain Stuart fixe ses yeux sur le mur, juste à côté de moi, l'air hébété.

Qu'a-t-il vu? Je m'écarte vivement, comme si une mygale ou un serpent venimeux se trouvait là, tout près de mon épaule, puis je me retourne. Mais je ne vois rien, rien d'autre qu'un interrupteur.

De nouveau je me tourne vers Stuart. Cette fois il baisse la tête et la secoue.

— C'est trop bête, fait-il en bredouillant. Je... je crois bien que c'est moi qui ai allumé. Par inadvertance... Je me suis appuyé sur le mur, et j'ai touché l'interrupteur. Je vous assure que je ne l'ai pas fait exprès...

Je pousse un soupir de soulagement. Pauvre Stuart! Lui qui se voyait en héros, résolvant les problèmes les plus épineux, traquant sans répit les bandits, nous sauvant la vie, peut-être. Les garçons ont de ces rêves! Et pourtant, que ne donnerait-il pas, à présent, pour que tout cela ne soit jamais arrivé!

Cependant son intervention nous secoue de notre inertie. La menace du mystérieux meurtrier est provisoirement écartée, mais nous ne sommes pas pour autant sortis de ce mauvais pas. En fait, cela ne fait que retarder l'échéance. Tôt ou tard, nous le savons, nous nous retrouverons face à face avec ce personnage invisible et redoutable.

En attendant, nous voici dans la maison, et nous ne sommes pas plus avancés.

— Qu'allons-nous faire maintenant? demande Geneviève, qui n'a toujours pas bougé d'un pas. Et ne pourrait-on pas éteindre cette lampe? Le noir me fait peur, mais la lumière est encore pire, elle risque d'attirer l'attention sur nous. Nous n'en avons pas besoin.

— Tu as raison, dit Falyne en se dirigeant vers l'interrupteur pour éteindre. Quant à ce qu'il convient de faire, c'est bien simple: explorer la maison, trouver le téléphone, et appeler la police.

— Ça ne tient pas debout, fait Geneviève avec un mouvement d'humeur. Comment espères-tu faire tout ça au nez et à la barbe de l'assassin? Tu crois qu'il te laissera faire tranquillement, et qu'il attendra l'arrivée des policiers pour se faire passer les menottes aux poignets?

— En fait, reprend Falyne après une brève hésitation, je ne crois pas qu'il soit dans la maison. C'est trop calme, trop silencieux. Et puis, quelle raison aurait-il de rester ici? Ça n'a pas de sens.

— Quoi! s'exclame Stuart. Et les traces? Elles arrivent jusqu'à la porte, mais elles ne repartent pas. Je suis quand même capable de reconnaître dans quel sens se dirigent des traces de raquettes! C'est indéniable. Il ne peut pas avoir quitté le chalet. Il est forcément ici!

— Mais qu'est-ce qu'il y fait? demande Geneviève. Et où se trouve son complice?

— Ça confirme ma thèse, dit Stuart avec aplomb. Le vieux Larsen faisait partie d'un réseau de trafiquants ou de braconniers. Ils ne sont sans doute pas venus seulement pour le tuer. Il y a certainement des papiers compromettants à récupérer, et pendant que l'autre est occupé à faire disparaître le cadavre, celui-ci fouille la maison.

Geneviève ne répond pas. Le raisonnement de Stuart est plutôt douteux.

— Dans ce cas, fais-je en commençant à m'affoler, nous ferions mieux d'essayer de nous échapper. Ici, c'est trop risqué.

Il y a un moment de flottement. Même Falyne semble démontée.

— Dites donc, fait alors Stuart, et la voiture? Si les clés étaient sur le tableau de bord, ce serait une chance.

— Tu sais conduire? demande Falyne.

— Non, mais ce serait l'occasion d'essayer. Et puis nous n'avons pas d'autre choix.

À tâtons, il cherche la portière, la trouve, et l'ouvre doucement. La veilleuse s'allume dans la voiture, jetant une faible clarté dans le garage. Nous entendons grincer les suspensions de l'auto comme Stuart grimpe à l'intérieur.

— Alors, elles y sont? chuchote Falyne.

— Non.

— Eh bien, nous sommes coincés ici, conclut Falyne.

— Dans les films, suggère Stuart, on arrive toujours à démarrer les voitures sans clés, en tripotant les fils, ou je ne sais quoi.

— Ah oui, les films! fait vivement Falyne. Et est-ce que tu sais comment il faut faire? Est-ce que quelqu'un le sait?

Personne ne relève. Falyne a raison. Si tout s'arrange à merveille pour les aventuriers de l'écran, dans la réalité il en va autrement. Cette voiture ne bougera pas d'ici.

Falyne l'a bien dit : nous ne sommes pas au cinéma. Rien ne marche. Nous ne comprenons rien à ce qui nous arrive, et en plus nous sommes submergés par la peur. Nous nous regardons, blêmes, sans rien dire.

— Écoutez, dit enfin Falyne. Soyons logiques. Il y a un type dans ce chalet. Il est armé, d'accord, mais il est seul, apparemment. Nous, nous sommes quatre. Il n'y a pas de raison pour qu'il déclenche maintenant un massacre dans l'obscurité, en prenant des risques, alors qu'il pouvait le faire en toute sécurité dans la neige.

— Il n'y a pas de raison, il n'y a pas de raison ! répète Geneviève. Tu en as de bonnes ! Tu trouves que la raison a sa place dans toute cette histoire ? Et qu'est-ce qui prouve que toi, tu as raison ? Ce que nous risquons, c'est de nous faire assassiner à notre tour, voilà tout.

Je suis de l'avis de Geneviève. Mais d'un autre côté, pouvons-nous rester tapis dans ce garage, attendant que le meurtrier vienne nous y débusquer ? Je demande à Falyne quel est son plan. Elle réfléchit un moment, puis déclare :

— Il y a plein d'outils, dans ce garage. Des marteaux, des tournevis, des scies. Et aussi des pioches, des fourches... Armons-nous, et de gibier transformons-nous en chasseurs. L'avantage est à celui qui attaque, paraît-il.

J'avale péniblement ma salive. Moi qui serais incapable de tuer une souris! Cependant, malgré mes réticences, malgré la peur qui me paralyse, je dois reconnaître que c'est sans doute la seule chose à faire.

La portière de la voiture est restée ouverte et la veilleuse nous donne un peu de lumière. En tâtonnant dans la semi-obscurité, nous fouillons parmi les outils de monsieur Larsen. Je choisis une fourche de jardinage, davantage sans doute à cause du sentiment de sécurité que me procure la taille de l'engin que pour son efficacité en tant qu'arme.

Je vois Stuart hésiter devant une énorme tronçonneuse, mais il se rabat plus raisonnablement sur une lame de tondeuse à gazon. Falyne et Geneviève, quant à elles, se munissent de hachettes. Nous sommes prêts.

La gorge sèche, l'estomac noué, tellement serré que nous ne pensons même pas à la faim qui nous tenaille, nous nous dirigeons vers la porte qui donne sur l'habitation. Stuart a insisté pour prendre la tête. Il ouvre la porte, hésite un instant, puis il s'engouffre dans le corridor obscur.

C'est à ce moment-là que je me rends compte que je suis la dernière de la file. Et quand je passe la porte à mon tour, les mains crispées sur le manche de ma fourche, je sens avec horreur les ténèbres se refermer dans mon dos.

9

UN CRI INHUMAIN

Plusieurs sentiments se bousculent en moi. La peur de voir surgir soudain l'inconnu, armé d'un fusil, celle de me prendre les pieds dans cette lourde fourche et de trébucher, entraînant ainsi notre découverte, mais aussi la haine de cet individu qui a abattu aussi froidement monsieur Larsen. J'en suis épouvantée moi-même, car je me rends compte que seule cette haine réussit à me faire surmonter ma peur.

Je ne sais pas si Stuart a un plan précis en tête, mais maintenant que nous sommes dans le chalet, j'ose à peine ouvrir la bouche, même pour laisser échapper un soupir.

Nous avons atteint l'extrémité du couloir. Nous savons qu'au rez-de-chaussée il n'y a que le garage, une buanderie, la cuisine et une vaste pièce remplie d'un bric-à-brac indescriptible, et dans laquelle monsieur Larsen se livrait, selon ses dires, aux joies du bricolage et de l'artisanat.

Le téléphone est en haut, ainsi que toutes les pièces d'habitation proprement dites. L'escalier se trouve là, sur notre gauche. Il débouche directement dans le salon, qui est une sorte de grande pièce ouverte.

Assemblés près de la première marche, nous constatons qu'une faible lueur baigne sa partie supérieure. Mais quelle lampe peut donner un éclairage aussi inconsistant? Une lampe torche, peut-être. L'assassin est là-haut, il fouille, il cherche quelque chose...

Et puis non, décidément. Si c'était le cas, nous verrions bouger le faisceau de lumière. D'ailleurs c'est une sorte de lumière bleutée. Je comprends enfin. Il ne s'agit pas d'une lampe, mais tout simplement de la clarté de la lune, qui entre par les fenêtres sans rideaux de l'étage.

Stuart s'engage le premier, après avoir enlevé ses chaussures. Nous l'imitons immédiatement et nous le suivons, en retenant notre souffle. Marche après marche, nous parvenons en haut de l'escalier. Quelle idée ai-je eue de m'encombrer d'un instrument aussi peu pratique! Il me gêne plus qu'autre chose, et je risque de blesser quelqu'un...

Soudain Stuart s'immobilise et, d'un geste du bras, il nous fait signe de nous arrêter. Qu'a-t-il vu? Nous ne pouvons bien évidemment pas lui demander : s'il vient d'apercevoir l'assassin, ce n'est pas le moment de nous trahir par des chuchotements. J'écarquille les yeux, en vain, et je serre encore plus fort mes mains sur le manche de la fourche. Je suis tétanisée par la peur.

Tout se passe alors très vite, et nous n'avons pas le temps de réfléchir à nos actes. Je vois tout à coup la silhouette de Stuart se détendre violemment et plonger en avant, comme s'il venait de lancer un objet. Sa lame de tondeuse! Il a touché son but! Un cri aigu se fait entendre, un cri affreux, strident, un cri absolument inhumain!

Stuart se met à hurler à son tour et se précipite en avant, suivi de Falyne et Geneviève qui brandissent leur hache. Je n'hésite pas une seconde. Galvanisée par ces clameurs, je me jette à mon tour dans la mêlée, ma fourche pointée droit devant moi, en criant moi aussi à m'en arracher la gorge.

C'est une confusion affreuse, nous ne savons plus ce que nous faisons. Une des pointes de ma fourche s'enfonce dans quelque chose et un nouveau hurlement se fait entendre. Au milieu du tumulte, j'entends soudain Stuart vociférer :

— Allumez, allumez, je crois que je l'ai eu!

Mais la panique est générale. Où se trouve donc l'interrupteur? Je ne vois que des ombres pêle-mêle sur le sol. Surmontant mon affolement, je réussis cependant à revenir près de l'entrée de l'escalier, là où doit logiquement se trouver l'interrupteur. En tâtonnant je le découvre en effet, et j'allume aussitôt. Une vive lumière inonde la pièce.

Quel spectacle! Stuart est allongé par terre, agrippé à une des jambes de Falyne qui se débat désespérément en hurlant. Geneviève est également sur le sol, en larmes, près de ma fourche, tenant son mollet ensanglanté. Et au-dessus de tout cela, perché sur la bibliothèque, le chat de monsieur Larsen, hérissé comme un porc-épic, continue de cracher et siffler.

Quelle épouvantable méprise! Que s'est-il passé exactement? Stuart se relève enfin, hagard.

— C'était le chat, ce n'était que le chat! balbutie-t-il. J'ai pourtant bien cru... Dans l'escalier j'ai vu une ombre bouger. J'ai cru que l'assassin venait de nous repérer et qu'il nous tendait un piège. J'ai voulu profiter de la surprise et attaquer avant lui, et... et voilà.

Les gémissements de Geneviève nous ramènent à la raison. L'affaire a tout de même fait une victime. Quelle horreur! Dire que c'est moi qui l'ai blessée avec ma fourche. Tout ceci est absurde. Absurde et désolant.

Je me précipite vers elle pour la réconforter et examiner sa blessure. Je m'apprête à déchirer le bas de son pantalon, puis je me ravise en me disant que moi aussi je suis en train de céder à un réflexe de cinéma : ce n'est pas nécessaire de déchirer le tissu, il suffit de relever le pantalon.

Heureusement la blessure est légère. Une des pointes de la fourche est entrée dans le gras du mollet. Ça saigne beaucoup, c'est impressionnant, mais ça n'a rien de grave. Je détache mon écharpe, que je n'avais même pas eu le temps d'enlever, et je lui en fais un bandage provisoire.

Quand je me redresse, Stuart et Falyne sont en grande conférence. Le chat, lui, a disparu, pressé sans doute de se mettre à l'abri de cette bande de fous !

— Au moins nous ne sommes plus dans l'incertitude, dit Falyne. Nous sommes bien seuls ici. Avec le vacarme que nous avons fait !

— Mais je ne comprends pas, bredouille Stuart. Comment est-il sorti ? Ce n'est pas un oiseau ! Ni un fantôme...

— Vous essaierez de débrouiller ça plus tard, messieurs les détectives, leur dis-je. Trouvez plutôt de quoi nettoyer la blessure de Geneviève. Ensuite, nous ferons le point.

Stuart et Falyne se regardent, puis disparaissent en direction de la salle de bains. Ils en reviennent assez vite avec une trousse de première urgence. Une

fois la plaie désinfectée et bandée proprement, nous aidons Geneviève à s'installer sur le canapé et nous essayons de
réfléchir.

Où en sommes-nous? Il semble bien
que nous soyons seuls dans la maison,
encore que cela reste à prouver. Il faudrait inspecter tout le chalet de fond en
comble. En fait, tous ces mystères accu-
mulés et la tension à laquelle nous sommes soumis depuis ce matin nous font
perdre nos moyens.

Je me sens incapable de réfléchir. Je
voudrais me réveiller dans mon lit et me
dire: oh quel affreux cauchemar, puis
me lever et retrouver mes parents, mon
frère et ma sœur, l'école...

Hélas! Je sais très bien que je ne rêve
pas. Mais après ces moments de pression
insoutenable, je me sens vidée, inapte à
prendre la moindre décision. C'est Geneviève qui, soudain, me ramène à la réalité.

— Au fait, dit-elle, avez-vous trouvé
le téléphone?

Le téléphone! Bien sûr! C'est pour ça,
en principe, que nous sommes venus ici.
Toute cette agitation nous a fait perdre la
tête. Stuart se lève d'un bond et se

précipite à l'autre bout du salon, où l'appareil trône sur une table basse.

Fébrilement, il compose le 911*, colle le combiné à son oreille, le raccroche, recommence. Il s'énerve et grommelle quelque chose d'inaudible en grimaçant. Il recommence son manège plusieurs fois, puis cette fois pousse un juron.

— Cochonnerie d'appareil, gronde-t-il en le secouant violemment. Ça ne marche pas!

Falyne s'approche vivement de lui et lui arrache le combiné des mains.

— Donne-moi ça! Maladroit comme tu es, tu vas l'abîmer davantage.

Mais les tentatives de Falyne ne s'avèrent pas plus efficaces. Après plusieurs essais, elle relève les yeux vers nous, le visage décomposé. Il faut se rendre à l'évidence : le téléphone ne fonctionne pas.

Accident ou sabotage? Le résultat est le même, et il nous fait froid dans le dos : nous voici définitivement coupés du monde civilisé, au cœur de la nuit, avec des assassins insaisissables, des fous, peut-être, qui rôdent autour de nous!

---

*   Numéro d'urgence de la police.

10

L'ÉTAT DES LIEUX

Nous sommes tous les quatre réunis dans le salon, prostrés au pied du canapé. Le chat n'a pas reparu. Nous avons décidé d'éteindre la lumière, pour ne pas attirer l'attention de l'extérieur.

Serrés les uns contre les autres dans la pénombre, nous attendons. Les questions se bousculent dans nos têtes, mais nous n'avons aucun moyen d'y répondre.

Monsieur Larsen était-il vraiment un gangster, ou des braconniers qu'il aurait surpris dans le parc se sont-ils simplement vengés ? Comment le cadavre a-t-il pu être emporté sans laisser la moindre trace ? Comment des empreintes peuvent-elles aboutir au chalet, venant de l'extérieur, alors qu'aucune n'en ressort et que personne ne se trouve à l'intérieur ?

J'ai beau tourner et retourner sans cesse l'énigme dans ma tête, je ne comprends absolument pas comment les choses ont pu se passer.

Stuart est assis en tailleur et se balance sans arrêt d'avant en arrière. Lui aussi il est en train de se torturer l'esprit. Stuart est un fort en math. C'est un amateur de logique et de romans policiers. Il a souvent prétendu qu'il trouvait généralement le coupable avant la fin, et que les exploits de Sherlock Holmes ou de Rouletabille ne l'impressionnaient pas.

Oui, seulement lorsqu'on est tranquillement allongé sur son lit à déguster un roman, on a tout le loisir de réfléchir. On a un bon dîner dans l'estomac, et aucune raison de s'en faire. Ici, c'est autre chose. Un homme a été tué, pratiquement sous nos yeux, il a été enlevé sans que nous comprenions comment, et le meurtrier, aussi insaisissable qu'une fumée, semble s'être volatilisé à son tour.

L'emprise de la peur, la faim et la fatigue nous ont profondément bouleversés. Je regarde Stuart, qui se balance toujours comme un métronome. J'ai froid. En frissonnant, je me pelotonne contre

Geneviève, qui n'émet qu'un vague grognement. C'est incroyable, je crois bien qu'elle dort! Moi-même je n'en peux plus, je suis exténuée. Dans ma tête, il n'y a plus qu'un grand trou noir.

Quand je relève la tête, il fait presque clair. La lune se découpe clairement dans l'encadrement d'une fenêtre et nous envoie sa lumière blafarde. Je suis stupéfaite. Je me suis endormie! Combien de temps s'est-il écoulé? Devant moi, Stuart est toujours assis dans la même position, les yeux mi-clos. Il a l'air profondément absorbé.

— Stuart! fais-je à mi-voix, Stuart...

Stuart ouvre les yeux tout à fait et me regarde d'un air extrêmement fatigué.

— Tu étais en train de réfléchir?

— Oui, oui, répond-il d'une voix pâteuse.

— Alors? Tu as résolu le problème? Tu y comprends quelque chose, toi?

— Hem... non. À vrai dire, je... je crois bien que j'ai dormi un peu. Mais j'ai réfléchi, aussi, vraiment, et... ma conclusion, c'est que plus ça va, moins je comprends...

Geneviève et Falyne émergent à leur tour de leur torpeur, réveillées par notre conversation. Elles jettent tout autour de nous des regards inquiets.

— Je... je suis désolée, fait Falyne. J'avais l'intention de veiller pendant une partie de la nuit avant de demander à l'un d'entre vous de me remplacer. Mais je n'ai pas pu résister au sommeil.

— Nous non plus, fais-je pour la mettre à l'aise.

— Comment! s'exclame-t-elle en se redressant tout à fait. Personne n'a donc fait le guet pendant que nous dormions? C'était complètement inconscient! Et si l'assassin était revenu?

— Eh bien, en tout cas, il n'est pas revenu, tranche Geneviève, et ça ne m'intéresse pas de savoir pourquoi. Tout ce que je sais, c'est que nous sommes toujours là, que personne ne doit venir nous chercher avant mardi soir, et que nous avons donc trois jours à passer ici sans pouvoir prévenir qui que ce soit! Nous sommes pris au piège comme de vulgaires lapins!

— La première chose à faire, suggère Stuart, c'est peut-être de vérifier que la maison est vraiment vide, et de contrôler que toutes les issues sont fermées. Nous aurions dû commencer par là, d'ailleurs. Qui sait ce qui a pu se passer pendant notre sommeil?

— Si nous sommes toujours là sains et saufs, c'est qu'il ne s'est rien passé, fait Falyne. Du moins à l'étage...

Un doute subsiste, cependant. Bien sûr, avec le bruit que nous avons fait lors de la malencontreuse attaque du chat, il est hors de question de penser que l'assassin soit toujours ici. Mais la peur ne nous a pas encore lâchés, et malgré nos raisonnements nous répugnons à descendre au rez-de-chaussée.

Stuart a pourtant raison. Il importe avant tout d'assurer notre sécurité. Outre le garage, il y a l'entrée principale, et la petite porte donnant sur l'arrière, dans l'appentis, là où nous avons découvert les inexplicables empreintes de raquettes.

À l'évocation de ces traces qui viennent mais ne repartent pas, l'angoisse me prend de nouveau. Mes jambes flageolent, mon cœur s'emballe. À quel type de criminel avons-nous affaire? Un homme capable de traverser les murs, de planer au-dessus du sol?

C'est impossible, je le sais bien, mais alors, qui pourra me donner une explication rationnelle de ce mystère? Cet homme sous les arbres, la nuit dernière, un fantôme?

Rassemblant tout notre courage, la gorge sèche et la démarche mal assurée, nous commençons à faire le tour de l'étage. Nous vérifions d'abord que toutes les fenêtres sont bien fermées de l'intérieur. Un examen de la couche de neige, sur le rebord de chacune, nous convainc que personne n'a essayé d'entrer ou de sortir par là.

L'inspection des chambres ne nous révèle rien de particulier. Nous hésitons avant de pénétrer dans celle de monsieur Larsen. Pour nous, c'est une sorte de violation de domicile. Mais dans le fond, quelle importance cela a-t-il maintenant? Nous y entrons. C'est une petite chambre propre, nette, assez austère, et sa visite ne nous apprend rien.

Il faut descendre, à présent. Devant l'escalier, notre détermination nous abandonne. Personne n'ose s'engager en premier. Finalement, c'est Stuart qui se décide. Orgueil masculin oblige. Ou courage, tout simplement...

Falyne et lui ont récupéré chacun une des hachettes avec lesquelles nous avons bien failli nous blesser ou faire un sort au chat. Geneviève et moi, pour notre part, préférons ne pas porter d'armes. Au moins nous éviterons tout accident malheureux! Enfin, les dents serrées, Geneviève prenant appui sur mon épaule, nous arrivons en bas de l'escalier.

— Nous devrions allumer partout, propose Geneviève. Ce sera plus sûr. Et puis de l'extérieur ça ne changera rien, puisqu'il n'y a pas de fenêtres au rez-de-chaussée.

Nous sommes d'accord. Stuart a tôt fait de trouver l'interrupteur, et aussitôt un flot de lumière inonde le couloir.

Quatre portes donnent sur ce couloir. Celle du garage, par où nous sommes entrés, celles de la cuisine et de la buanderie, et celle de l'atelier. Plus, tout au bout, la massive porte d'entrée.

C'est vers celle-ci que nous nous dirigeons en premier lieu, pour fermer à double tour le verrou intérieur. Puis nous refluons vers le garage, car nous n'en avons pas verrouillé la porte quand nous nous y sommes introduits, au début de la soirée. C'est rapidement chose faite. Pour plus de sécurité, Stuart a l'idée d'attacher solidement la poignée, au moyen d'une corde qu'il trouve dans le garage, au pare-chocs de la voiture.

Puis nous faisons le tour de la buanderie et de la cuisine. Ce sont deux pièces fermées, et il n'y a rien à signaler. Dans la cuisine, cependant, Stuart s'arrête brusquement devant le réfrigérateur.

— Un instant, fait-il. Il faudrait peut-être en profiter pour manger quelque chose, sinon, il ne sera même plus nécessaire de nous tuer, nous mourrons sans l'aide de personne. De faim. J'ai affreusement faim!

C'est incroyable! Dans cet insupportable climat d'angoisse, il arrive à penser à manger! Et pourtant il a raison. Si la peur a effacé ma faim, il faut néanmoins penser à reprendre des forces. Nous devons penser avant tout à survivre!

Après avoir dévalisé le frigo, Stuart se laisse tomber sur une chaise en soupirant. Une certaine rougeur revient sur ses joues exsangues. Falyne intervient aussitôt avec vigueur.

— Stuart, tu es fou! Ce n'est pas le moment. Tu ne comptes pas faire la sieste, pendant que tu y es? Il reste encore une pièce.

— Oui, murmure Geneviève d'une voix étranglée. L'atelier. C'est là que doit se trouver la petite porte qui donne sur l'arrière du chalet.

La porte par laquelle l'assassin est entré! La plus importante... Nous pouvons la voir par l'entrebâillement de celle de la cuisine.

Soudain une idée me traverse l'esprit : si c'est par là qu'il est entré, et qu'il n'est pas ressorti, c'est donc qu'il y est encore! Mais dans ce cas, pourquoi n'en a-t-il pas bougé? Est-ce que lui aussi, il serait...

Je n'ose pas formuler ma pensée. En bégayant, tant la terreur m'oppresse de nouveau, j'essaie de mettre les autres en garde.

— Regardez! souffle alors Geneviève en agrippant mon bras. La porte est à moitié ouverte.

— Eh bien? chuchote Falyne d'un ton interrogateur et rempli d'inquiétude.

— Eh bien tout à l'heure, quand nous sommes passés devant, elle était pratiquement fermée...

11

PRÉSENCE SUSPECTE

La remarque de Geneviève tombe comme une sentence de mort. Stuart semble cloué sur sa chaise, un morceau de pain dans la bouche, l'air complètement hébété. Je cherche désespérément du regard à quoi me raccrocher.

Mes yeux tombent sur le gros couteau de cuisine avec lequel Stuart a préparé son sandwich. Non, je ne suis pas attirée par la violence, je n'ai pas de pulsions meurtrières, mais même si c'est à tort, je me sentirai plus en sécurité avec une arme. J'essaierai au moins de ne pas me blesser avec...

Brusquement, Stuart recrache sa bouchée de pain et se jette sur sa hachette.

— Il faut en finir, s'écrie-t-il, en proie à une agitation soudaine. Une fois pour toutes !

— Qu'est-ce que tu veux faire? demande Geneviève, anxieuse.

— J'en ai assez de jouer le gibier, répond Stuart avec nervosité. Il est seul et nous sommes quatre. Je n'en peux plus d'être enfermé entre ces murs avec un fou. Je vais devenir fou, moi aussi.

Je me demande s'il ne l'est pas déjà un peu, fou. Qu'espère-t-il? Débusquer comme un simple raton laveur un bandit armé d'un fusil, qui a déjà abattu froidement un homme? De quoi avons-nous l'air, avec des ustensiles de cuisine ou de jardinage en guise d'arsenal?

Mais il n'y a pas moyen de raisonner Stuart. Il est visiblement hors d'état de réfléchir calmement. Il a saisi sa hachette à deux mains, et il se précipite maintenant dans le couloir. Puis il se plaque violemment contre le mur, à côté de la porte de l'atelier.

Immobilisé dans cette attitude qu'il a dû voir cent fois à la télévision, on s'attend presque à le voir s'écrier: «Sortez d'ici les bras en l'air, vous êtes cernés!»

Cependant il ne dit rien. Il reste collé au mur, les yeux rivés sur la porte entrouverte sur l'obscurité. Nous ne pouvons tout de même pas le laisser agir seul. Et puis c'est vrai que la tension que nous avons subie, durant ces dernières heures, nous pousse nous aussi davantage vers la folie que vers la réflexion.

Les mains crispées sur nos armes dérisoires, nous nous approchons donc du couloir, puis nous nous plaçons derrière lui. Geneviève nous a suivis en traînant la jambe. Les miennes tremblent tellement que je ne suis même pas sûre de pouvoir rester debout. Je m'adosse au mur et je ferme les yeux, tout en essayant de me calmer.

Personne n'ose bouger. Je ne perçois plus que le souffle rauque de mes amis. Jamais silence ne m'a paru aussi pesant, aussi lourd de menaces. J'ai l'impression que les battements de mon cœur s'entendent jusqu'au bout du corridor.

— Au fait, est-ce que quelqu'un a revu le chat? murmure alors Geneviève d'une voix étouffée.

Le chat! Cette remarque apparemment incongrue me ramène d'un seul coup à la réalité. Je l'avais oublié, ce chat. Et pourtant, ne sommes-nous pas en train de rejouer la scène de tout à l'heure? Ne sommes-nous pas en train de mener une offensive guerrière contre un innocent animal de compagnie?

Le bras de Stuart s'abaisse légèrement. La même pensée a dû lui traverser l'esprit. Il y a un moment d'indécision. Bien entendu, Geneviève a sans doute raison. C'est le chat que nous avons dérangé lorsque nous avons fait tout ce va-et-vient dans le couloir et qui s'est réfugié dans la dernière pièce sombre.

Une fois de plus nous partons en guerre contre une fumée. Enfin, c'est probable. Mais est-ce bien sûr? Et comment le savoir?

Une chose est certaine : nous ne savons pas si oui ou non il y a quelqu'un dans l'atelier, mais si l'assassin s'y trouve, il sait exactement, lui, où nous sommes et par où nous pouvons entrer. Dans ce cas, nous ferons une cible de choix : l'un de nous n'aura qu'à passer la tête dans l'embrasure de la porte.

— Si on éteignait? propose Stuart dans un murmure à peine audible.

— Alors plus personne ne verra rien, réplique Falyne. Ce sera encore pire.

— Attendez un peu, dis-je. J'ai une idée. Moi aussi j'ai un chat, chez moi.

Immédiatement je retourné dans la cuisine. J'ouvre le réfrigérateur, prends le lait, et en verse un peu dans une soucoupe. Puis je reviens vers les autres, à pas lents pour ne pas renverser de lait. Je fais reculer Stuart et je prends sa place près de l'encadrement de la porte. Je m'agenouille et pousse lentement l'assiette pleine de lait devant la porte ouverte.

Alors je me mets à appeler le chat, tout simplement, comme on appelle tous les chats du monde, en émettant un petit chuintement que je ponctue de «minou minou minou».

Presque aussitôt un miaulement se fait entendre dans l'ombre, et nous percevons le bruit d'un corps qui tombe légèrement sur le sol. Pauvre chat! Il n'a rien eu à manger depuis hier, et nous avons dû le terroriser. Nous nous sentons un peu bêtes, avec nos couteaux et nos hachettes. Nous devons ressembler à des apprentis bouchers!

Cependant le chat apparaît bientôt dans l'encadrement de la porte. Je le mets en confiance en lui murmurant quelque chose avec douceur, et l'animal, après une dernière hésitation, se met à laper son lait.

Quel soulagement! Nous sommes sûrs maintenant que l'atelier est vide. Jamais une bête aussi méfiante ne se serait réfugiée dans un lieu occupé par un inconnu. Et tandis que je donne une dernière caresse au chat, Stuart s'avance prudemment, cherche à tâtons l'interrupteur de l'atelier et allume.

À sa suite nous pénétrons dans la pièce. C'est un invraisemblable capharnaüm, une véritable caverne d'Ali Baba! Planches, rondins, branches sèches aux formes tourmentées, statuettes, masques de bois sur les murs...

Hélas nous n'avons pas le temps d'admirer tous ces chefs-d'œuvre, que nous aurions préféré découvrir en d'autres circonstances. Nous avisons une petite porte au fond de l'atelier. C'est celle qui donne sur l'appentis, la dernière communication avec l'extérieur que nous n'avons pas encore vérifiée.

Stuart s'y dirige. Je remarque qu'il a toujours sa hachette à la main. Avec une extrême lenteur il ouvre la porte. Aucun grincement: c'est vrai que monsieur Larsen entretenait parfaitement son chalet.

Je m'approche à mon tour et, avec Stuart, je jette un coup d'œil dans la cabane. Rien de particulier. De vieilles bottes, des outils de jardinage, une grosse cognée et une scie de bûcheron. Au mur une paire de raquettes usagées.

La porte qui ouvre sur l'extérieur ne comporte aucune serrure. Stuart l'ouvre et risque un œil dans la nuit.

— Les traces n'ont pas changé, murmure-t-il. Personne n'est venu par ici depuis hier.

— Personne n'est sorti non plus, ajouté-je.

— Oui, reprend Stuart. Je n'y comprends rien.

En soupirant il referme la porte, puis nous retournons dans l'atelier. Là nous rendons compte à Falyne et Geneviève du peu que nous avons vu, puis nous fermons la porte au verrou. Et pour plus de sûreté, nous la barricadons en entassant contre elle un gros tas de rondins.

— Dites-moi, fait alors Geneviève, qui est restée assise devant un des établis pendant notre travail, avez-vous déjà vu ce genre de statues ?

La question me semble incongrue. Interloquée, j'examine cependant ces statuettes innombrables qui encombrent la pièce. Et soudain je comprends ce que Geneviève a voulu dire. Il ne s'agit pas là d'un travail d'amateur. Devant nos yeux s'offre une impressionnante collection d'art du monde entier.

Je reconnais là des statuettes mexicaines, des masques africains, et bien d'autres dont je ne saurais pas dire l'origine exacte, mais dont la simple découverte dans nos valises nous causerait bien des ennuis à la douane.

— J'avais donc raison! s'exclame Stuart. Un trafiquant! Ou un receleur. Voilà la clé de l'énigme. Une sordide histoire de trafic d'objets d'art. Pas si innocent que ça, le vieux Larsen! Nous sommes tombés dans un sacré nid de vipères...

— N'exagérons rien, dis-je en me récriant. Mon père m'a bien dit que monsieur Larsen était un peu spécial, mais de là à en faire un trafiquant...

— Parce que tu penses que Larsen lui aurait donné des détails sur ses affaires louches! ironise Stuart. Et ces deux types, hier soir, des touristes égarés, sans doute? Quelle naïveté!

Je suis assez vexée par les insinuations de Stuart. Voudrait-il dire que mon père aussi est un naïf? Et pourtant ce que nous venons de découvrir semble bien corroborer sa thèse. Si le crime en lui-même reste inexpliqué, au moins tenons-nous un mobile plausible. Et quand on a le mobile, le reste devrait suivre...

Allons-nous enfin y voir clair?

12

STUART MÈNE L'ENQUÊTE

Nous sommes remontés dans le salon. Cette fois, nous sommes maîtres des lieux. Dehors la nuit est claire et calme. Nous nous gardons bien d'allumer. C'est nous qui deviendrions visibles de l'extérieur, et nous tenons à conserver notre position d'observateurs discrets.

La peur se faisant moins oppressante, c'est la fatigue qui maintenant se fait sentir. Aucun de nous cependant ne veut se laisser aller une fois de plus au sommeil. À demi engourdie, j'essaie de fixer mon attention sur le ciel que je vois rosir à l'est.

— Eh bien, annonce enfin Falyne d'un ton grave, rompant un interminable silence. Il semble que nous soyons enfin sur une piste.

— Et tu peux nous dire où elle mène, cette piste? interroge Geneviève.

— Non, mais Stuart a toujours dit qu'il était un expert en la matière. C'est le moment où jamais pour lui de nous le prouver.

Nous nous tournons vers lui. Il ne semble pas très à son aise. Impitoyable, Falyne reprend :

— Stuart, c'est à toi de jouer, maintenant.

Stuart ne sait manifestement pas quoi dire. Bien sûr, il y a certainement une explication à tout ça. Chantage, vengeance, guerre entre trafiquants, nous tenons le pourquoi du crime, même si nous n'en connaissons pas les détails. Mais cela ne nous intéresse pas, c'est du ressort de la police. C'est le comment, qui nous échappe.

Nous ne croyons pas aux fantômes. Cependant nous avons beau tourner et retourner les événements dans notre tête, nous ne comprenons pas comment ils ont pu se produire sans déjouer les lois de la physique.

Stuart nous jette des regards désespérés, mais il se sent piqué au vif par le défi que lui a lancé Falyne. Il plisse le front, essaie de se concentrer.

— Voyons, fait-il. Comment faire correspondre les traces relevées dans la neige avec le reste? Il a neigé toute la nuit dernière, or nous avons trouvé des empreintes fraîches de raquettes arrivant au chalet par l'arrière. Quelqu'un y est donc entré dans l'après-midi, nous sommes bien d'accord? Et ce quelqu'un n'est pas ressorti. Qu'est-il devenu? Il est passé par la cheminée?

Il soupire en secouant la tête. Si ce criminel n'est pas un fantôme, il en a décidément toutes les apparences! Nous n'en sortons pas.

— Au fait, dit Geneviève après un silence, qu'est-ce qui te prouve que ces traces ont bien été faites au cours de l'après-midi? La neige a cessé de tomber pendant la nuit. Ce matin au lever, le ciel était parfaitement limpide. Ces traces ont pu être faites bien avant.

— Oui, bien sûr, fait Stuart en se grattant la tête. Je n'y avais pas pensé. Mais finalement, ça ne résout rien. Comment l'individu serait-il ressorti sans laisser de traces?

104

— En nous suivant, tout simplement, reprend Geneviève. Il a pu rester caché dans la cabane derrière l'atelier, nous espionnant. Puis, après notre départ, il a suivi le même trajet que nous.

J'avoue que Geneviève nous épate. Effectivement, nous faisions peut-être fausse route en admettant a priori que ces empreintes avaient été laissées après le crime. Tenons-nous enfin une piste intéressante ?

Stuart la regarde avec stupéfaction. Il plisse le front, puis il secoue lentement la tête.

— Ça ne marche pas non plus, dit-il enfin. S'il était arrivé derrière nous, comment aurait-il pu tirer sur monsieur Larsen, qui se trouvait à la fois *derrière* moi et *devant* vous ? Comment a-t-il pu se retrouver entre nous sans que nous l'ayons vu ?

— C'est incroyable, murmuré-je. Ça me fait froid dans le dos. Chaque fois nous en revenons au même point : L'assassin doit être invisible, ou bien voler par-dessus nos têtes. C'est à devenir fou !

— Non, non, non ! s'exclame soudain Stuart avec violence. Tout ça ne tient pas debout. Or il y a une solution, c'est forcé, il ne peut pas en être autrement. Il n'y a pas de fantôme, il n'y a pas de Big Foot, il n'y a pas de petits hommes verts ! La clé de l'énigme doit même être toute simple, tellement simple que nous ne la voyons pas.

— Veux-tu dire que nous sommes stupides ? interrompt Falyne.

— Pas du tout. Mais il y a sans doute un détail, un détail anodin, et qui nous échappe pour cette raison, mais qui nous mettrait sur la voie.

— Peut-être aussi que nous raisonnons sur des données fausses, ou faussement interprétées, avance Geneviève. Regardez le cas des traces de raquettes derrière le chalet, qui nous semblait insoluble parce que nous supposions qu'elles avaient été faites après le crime, et non avant. Un élément insignifiant en soi peut modifier toutes les données dont nous disposons.

— Alors nous devons les reprendre une par une depuis le début, fait Stuart. Première chose, le crime. Jusque-là rien d'extraordinaire. Le tueur a pu être embusqué en attendant notre arrivée.

Dissimulé derrière un arbre, il a pu tirer à son aise sans que je l'aie vu lorsque je suis passé. On trouve aujourd'hui des armes d'une portée considérable.

— Tu n'as remarqué aucune trace suspecte, de skis ou de raquettes, avant le coup de feu? demande Falyne.

— Non, aucune. Mais ça ne veut rien dire, il a pu arriver par un autre chemin... par les côtés... La montagne est vaste et les sapins le dissimulaient. Quand je suis revenu, en revanche, après la détonation, je n'ai rien vu non plus. Il n'y avait que mes empreintes et celles de monsieur Larsen. Ça signifie que l'assassin ne s'était pas encore approché du cadavre.

— Tu nous as dit hier que tu avais un peu perdu la tête, à ce moment-là, dis-je. Peut-être quelque chose t'a-t-il échappé?

— Je suis à peu près sûr que non, répond Stuart. Je m'en souviens parce que ça m'a frappé, sur le coup. Je me suis affolé, d'accord, mais je ne sais pas pourquoi, ce détail m'a sauté aux yeux immédiatement. Là où le mystère commence réellement, c'est quand nous sommes revenus tous ensemble. Comment le corps avait-il pu être enlevé?

— Les assassins ont pu venir en empruntant les traces de Stuart et de monsieur Larsen, suggère Geneviève.

— Impossible, affirme Falyne. Nous aurions vu leurs traces rejoindre les nôtres lorsque nous sommes passées à notre tour. Or ce n'était pas le cas. Ça nous aurait sauté aux yeux, je pense.

— À moins qu'ils ne soient arrivés par l'autre côté, reprend Geneviève. Du côté où se trouvait Stuart quand il a entendu le coup de feu. Cela expliquerait tout.

— Ça expliquerait comment ils sont arrivés à l'endroit où gisait le corps, fait Stuart, mais pas la disparition. Est-ce que vous imaginez, ensuite, ces types chargeant sur leur dos monsieur Larsen avec skis et sac à dos? Ça en aurait laissé, des traces!

— Justement! fait Falyne avec vigueur. Avons-nous vraiment pris le temps d'examiner les traces à fond? Nous n'avons jeté sur elles qu'un coup d'œil rapide, et dans un état d'esprit qui ne favorisait pas beaucoup le sens de l'observation. La clé du mystère n'est-elle pas là-bas, au milieu des arbres? La neige n'est pas retombée depuis, les empreintes doivent toujours y être, intactes.

— Veux-tu dire que...

— Qu'il faut y retourner? Oui, sans aucun doute, conclut Falyne.

Cette proposition jette un froid. Sortir et affronter l'inconnu, alors que nous avons eu tant de mal à assurer notre position ici? Nous nous sentons prêts à soutenir un siège, encore que nous n'ayons pas réellement envisagé cette éventualité jusqu'à maintenant.

Et pourtant, en regardant par la fenêtre, je m'aperçois que le jour ne va pas tarder à se lever. À l'est, l'horizon est peint de jaune et de rose, à l'ouest les versants enneigés des montagnes commencent à resplendir. Les Rocheuses sont superbes, le matin, dans le parc de Banff...

J'ai du mal à croire, en contemplant cette splendeur, qu'un crime odieux y a été commis il y a quelques heures à peine. Je suis dégoûtée par toutes ces saletés, ces trafics ignobles, ces haines... Les murs me dégoûtent tout à coup, eux aussi. Je voudrais respirer, m'envoler...

L'idée de Falyne commence à faire son chemin. Non que je sois, pour ma part, très désireuse de résoudre l'énigme. Ce sera l'affaire de la police, dès après-demain, quand nos parents seront venus nous chercher et que nous aurons repris contact avec le monde extérieur, notre monde. Non, je voudrais sortir, maintenant, pour me replonger dans la lumière de cette vallée, pour me laver de toute cette nuit d'horreur.

Il me semble, curieusement, que nous serons plus en sécurité dans un espace ouvert, où rien ne pourra nous approcher sans que nous l'ayons vu venir, que dans ce chalet dans lequel nous nous sommes réfugiés faute de mieux.

Finalement, c'est Stuart qui tranche. Il décrète lui aussi que le mieux à faire est de sortir. Sans opposition déclarée, il nous entraîne donc vers le garage pour prendre nos skis.

Quand il ouvre la grande porte basculante, le grand jour qui nous inonde semble nous redonner un peu d'énergie.

13

RETOUR SUR LE LIEU DU CRIME

Les problèmes commencent au moment de chausser les skis. Geneviève, qui ne disait rien depuis un bout de temps et nous avait suivis en boitillant, déclare qu'elle n'est pas en état de skier. Sa jambe lui fait trop mal, et la blessure recommence à saigner.

— Tu n'as qu'à nous attendre ici, lui dit Stuart. Tu t'enfermeras à l'intérieur.

— Quoi! s'exclame-t-elle avec indignation. Tu es fou! Je refuse de rester seule ici. Et si les trafiquants reviennent au chalet?

— Eh bien, Rebecca pourrait rester avec toi, et...

— Ça ne va pas, non! m'écrié-je à mon tour. Il est hors de question de se séparer. Ou bien nous y allons ensemble, ou bien nous restons ici.

Stuart peut bien maugréer, nous ne nous laisserons pas abandonner comme de vieilles chaussettes pendant qu'il ira jouer les héros avec Falyne.

— Regardez, dit soudain celle-ci. Voilà qui pourrait résoudre le problème.

Accroché à l'un des murs du garage, elle nous montre du doigt un antique traîneau de bois.

— Comment? fait Stuart. Tu penses sérieusement que nous pouvons emmener Geneviève là-dedans? C'est de la folie!

C'est de la folie, en effet. C'est grotesque. Falyne n'a plus toute sa tête. Et le comble, c'est que j'entends soudain Geneviève déclarer :

— Si vous vous sentez la force de me tirer dans cet engin, je préfère ça plutôt que de rester ici.

Je suis sidérée! Mais moi non plus je ne veux pas rester seule, et quand je vois Stuart et Falyne préparer l'attelage, je comprends que bon gré mal gré je devrai suivre ce cortège.

Une demi-heure plus tard, nous glissons à grandes enjambées vers la forêt. Stuart s'est composé une sorte de harnais avec des courroies, et il tire le traîneau en soufflant comme un bœuf. Geneviève y est allongée sous une couverture, l'air absent. J'espère que personne ne nous voit, nous sommes parfaitement ridicules.

Quant à moi, j'essaie de détourner au maximum mes pensées de l'endroit vers lequel nous nous dirigeons : le lieu du crime.

Le temps est clair, la montagne se détache nettement sur le bleu du ciel. J'en oublie presque la raison de notre expédition. Puis, revenant sur terre, je m'applique à distinguer sur la neige d'éventuelles traces parallèles aux nôtres.

Rien cependant ne vient rompre l'uniformité de la couche immaculée. Stuart en tête, nous avançons dans nos traces de la veille, tout en examinant scrupuleusement les alentours immédiats.

Tant que la piste descend vers la rivière, notre progression est rapide. Mais lorsqu'elle se met à remonter commencent les difficultés. À partir des premiers arbres, notre marche devient encore plus malaisée. Il devient bientôt impossible de tracter Geneviève, la pente est trop raide.

Nous devons donc enlever nos skis et continuer à pied, en nous relayant pour tirer le traîneau. Dans quel pétrin nous sommes-nous fourrés !

Cependant, aussi loin que porte notre regard dans le sous-bois, aucune trace n'est visible. Et lorsque nous arrivons à proximité de l'endroit où Stuart a découvert le corps sans vie de monsieur Larsen, nous sommes certains que personne n'a pu s'en approcher sans suivre exactement le même chemin que nous.

Enfin nous voici sur les lieux mêmes de l'assassinat. Les traces sur le sol n'ont pas changé, les empreintes désordonnées de sa chute, à quelques pas de nous à peine, la neige tassée sous le poids du corps, cette horrible tache, à l'emplacement de la tête... Je frissonne.

— Eh bien ? fait Geneviève en étirant le cou pour tenter de voir quelque chose.

Elle a du mal à avaler sa salive. Elle parle comme si elle avait une boule dans la bouche.

Ni Stuart ni Falyne ne répondent. Nous avons beau écarquiller les yeux, nous ne voyons rien de plus qu'hier : pas la moindre empreinte ne part de l'endroit où monsieur Larsen est tombé.

L'angoisse me reprend. Je lance des coups d'œil inquiets dans toutes les directions, à la recherche de je ne sais quoi, comme si chaque arbre abritait une menace indéfinissable.

Tout à coup mon regard est attiré par quelque chose d'insolite. Là-bas, dans la direction opposée à celle par laquelle nous sommes venus, j'aperçois comme une petite tache rouge.

— Regardez ! fais-je dans un souffle. Là-bas, au pied de ce sapin. Qu'est-ce que c'est ?

Tous relèvent la tête et scrutent la neige en plissant les yeux.

— Je ne connais aucun champignon capable de percer cette épaisseur de neige, murmure Stuart. On dirait un bout de tissu rouge. C'est curieux, je suis pourtant passé par là, hier, et je n'ai rien vu.

— Allons voir, fait Falyne.

Sans attendre notre réponse, elle remet ses skis et s'élance dans la direction indiquée. Dans les traces laissées la veille par Stuart, elle progresse rapidement. Péniblement, traînant toujours Geneviève, nous nous lançons à sa suite.

Au bout d'un moment nous y voici. Falyne est agenouillée dans la neige, et elle tient l'objet entre ses mains. C'est un bonnet. Un bonnet de laine rouge. Soudain Geneviève pousse un cri :

— Le bonnet de monsieur Larsen !

Elle a raison. Je reconnais moi aussi ce petit bonnet rouge, que je trouvais si drôle sur la tête toute blanche de monsieur Larsen. À cette évocation, je sens que je vais fondre en larmes. C'est une exclamation de Stuart qui me ramène à la réalité :

— C'est invraisemblable, tout de même ! fait-il. Comment ce bonnet peut-il se trouver ici ? Hier, quand j'ai découvert le corps de monsieur Larsen couché dans la neige, je suis absolument certain qu'il avait son bonnet. Il lui cachait même la moitié du visage !

— C'est donc Geneviève qui avait raison, observe Falyne. Les assassins sont venus sur les traces de Stuart, quand celui-ci s'est éloigné pour nous rejoindre. Ensuite, ils sont repartis par le même chemin, en emportant le corps de monsieur Larsen.

— Un instant, objecte Stuart. Quand le coup de feu a été tiré, je l'ai entendu derrière moi. Le meurtrier se trouvait donc entre monsieur Larsen et moi, ou même plus loin. Dans ce cas, comment a-t-il pu se placer ensuite dans mes traces sans en laisser lui-même sur les côtés?

— C'est incroyable, reprend Falyne. Un type qui peut arriver quelque part et disparaître sans en repartir, et quitter un endroit sans y être venu. C'est contre toute raison. C'est une situation qui ne peut pas exister. Cet assassin est... matériellement impossible!

Impossible, c'est le mot. Et pourtant cela a eu lieu!

— Nous devrions nous rendre à l'évidence, fait Geneviève. Toute cette histoire nous dépasse. Nous ferions mieux maintenant de retourner au chalet et d'y attendre nos parents.

— Au contraire! s'exclame Falyne. Enfin nous avons sous la main un indice tangible, il faut suivre la piste jusqu'au bout. Nous savons maintenant à coup sûr que monsieur Larsen est passé par ici et que, sans aucun doute, il n'était pas mort puisqu'il a pu jeter son bonnet. Dans quel but? C'est évident: pour que nous puissions aller à sa recherche. Suivons ces traces et nous le retrouverons.

Il serait donc vivant! Cela expliquerait pourquoi ses assaillants l'ont emmené avec eux. On ne s'encombre pas d'un cadavre!

Nous n'avions pas envisagé sérieusement cette possibilité. Elle n'est guère plus plausible que les autres, d'accord, mais au point où nous en sommes, cette perspective présente au moins l'avantage de n'être pas désespérée.

Cette idée nous donne un coup de fouet. À l'unanimité nous décidons donc de continuer à suivre les traces jusqu'au bout. Qu'y trouverons-nous? Peut-être, enfin, la solution de l'énigme.

Avant de partir, je demande à Falyne de me donner le bonnet de monsieur Larsen, que je fourre dans ma poche.

Nous reprenons notre route, péniblement, pataugeant dans la neige dans laquelle nous nous enfonçons parfois jusqu'aux genoux. Tout à coup Stuart s'arrête en poussant une exclamation.

— Voilà l'endroit où j'ai fait demi-tour hier, dit-il. Regardez, voici la marque de mes skis. Et puis...

Nous arrêtons à ses côtés, complètement essoufflées. Du doigt il nous désigne, au-delà de ses propres traces, deux lignes parallèles qui continuent dans la neige.

— Cette fois, nous sommes sur la bonne route, s'exclame-t-il. Suivez-moi!

Nous repartons, haletants, car Stuart nous impose une cadence d'enfer. Je ne sais pas combien de temps je vais tenir à ce rythme-là. Heureusement, après un coude serré, la piste se met à redescendre en pente douce.

Nous reprenons donc les skis, et cette fois nous filons bon train derrière Stuart. Pourvu que la pente ne s'accentue pas, nous serions dans de beaux draps si le traîneau se renversait en éjectant Geneviève dans les sapins.

Enfin le sous-bois s'éclaircit, et nous débouchons bientôt à l'orée d'une vaste clairière. Soudain Stuart s'arrête :

— Regardez, fait-il à voix basse. Là-bas, en contrebas.

À quelques centaines de mètres, en effet, une cabane se dresse, solitaire, au milieu de la forêt. Manifestement, c'est là que les traces aboutissent. Nous restons sans bouger, reprenant notre souffle.

— Que faisons-nous, maintenant? demande Geneviève d'un ton angoissé.

— Inutile de prendre trop de risques, dit Stuart. Voyez sur la gauche, le mur n'a aucune ouverture. Nous allons nous approcher de ce côté-là. Et surtout, soyons sur nos gardes.

De nouveau nous repartons, en effectuant une large boucle sur la gauche, afin d'atteindre la cabane par ce côté. Mon angoisse est telle, alors que nous approchons peut-être du but, que je tombe deux fois en chemin. À chaque fois je dois faire un violent effort sur moi-même pour ne pas crier.

Lorsque nous ne sommes plus qu'à une cinquantaine de mètres, Stuart nous fait signe d'arrêter et de retirer nos skis.

— *Ils* pourraient en entendre le glissement, nous chuchote-t-il en guise d'explication.

Laissant skis et bâtons en vrac dans la neige, nous franchissons donc les derniers mètres en pataugeant dans la neige. Geneviève s'appuie sur Falyne et moi. Arrivés près du mur, nous commençons lentement d'en faire le tour, dans le but de trouver une ouverture qui nous permette de jeter un coup d'œil à l'intérieur.

La neige crisse sous nos pieds malgré nos précautions. J'ai l'impression que ce bruit doit s'entendre à cent mètres à la ronde.

Sur le second mur, celui qui est opposé à la porte, une lucarne s'ouvre à environ 1,80 m du sol. En quelques secondes, nous nous trouvons sous cette minuscule fenêtre. Malheureusement, même Stuart n'est pas assez grand.

— Vous allez me faire la courte échelle, murmure-t-il. Doucement.

Falyne et moi nous agenouillons face à face, sous la lucarne. Nous joignons solidement nos mains, et Stuart y pose le pied. Il s'agrippe au rebord de la fenêtre, tandis que nous essayons de le hisser un peu. Sa tête est maintenant à la bonne hauteur. Lentement, très lentement, je le vois se pencher sur le côté pour mieux voir à l'intérieur.

— Eh bien, fais-je dans un souffle étranglé. Vois-tu quelque chose? Est-ce qu'il y a quelqu'un, là-dedans?

Je vois Stuart hocher la tête, mais il ne répond pas. Puis il nous fait signe de le redescendre. Il repose pied à terre, toujours muet. Il nous regarde, bouche ouverte, l'air complètement abasourdi.

— Que t'arrive-t-il? chuchote Falyne. On dirait que tu as vu un monstre. C'était l'assassin?

— Non, bredouille Stuart. Enfin, je ne crois pas...

— Comment, tu ne crois pas! Qu'est-ce que tu veux dire? Y a-t-il quelqu'un dans la cabane, oui ou non?

— Oui, fait Stuart.

— Mais qui donc, enfin?

— Monsieur Larsen.

— Il est donc vivant! nous écrions-nous.

— Oui, reprend Stuart. Tout ce qu'il y a de vivant. Il est avec un type. Ils sont en train de prendre un café...

14

LE VOILE SE LÈVE

— Eh bien, vous en avez mis, un temps, pour venir jusqu'ici! Entrez donc, je vous attendais.

Nous n'en croyons pas nos yeux! Monsieur Larsen est là, devant nous, une sorte de rictus à la bouche, une tasse de café à la main.

Son front ne porte la trace d'aucune blessure. Pas la moindre égratignure! Il n'a pas davantage de bandage sur le crâne. En revanche, son pied gauche est grossièrement enveloppé dans une serviette et repose sur un tabouret.

À côté de lui est assis un personnage étrange. C'est un homme auquel je ne peux pas donner d'âge, vêtu assez bizarrement. Mais c'est son visage qui est le plus extraordinaire: il est entièrement couvert d'un entrelacs de lignes noires, des motifs sinueux et touffus au milieu desquels brillent fixement ses deux yeux.

Je crois reconnaître la figure qui m'a tellement effrayée l'autre nuit. L'homme ne dit rien, il ne manifeste aucune agressivité, aucune émotion. Monsieur Larsen reprend :

— J'ai bien cru que vous n'arriveriez jamais! Mon ami Mehani et moi-même commencions à nous inquiéter. Allons, avant tout je crois que vous devez avoir faim, après cette course en montagne. J'ai ici de quoi nous réconforter, si vous voulez bien allumer le réchaud.

— Ce n'est pas de nourriture, dont nous avons besoin, m'exclamé-je. C'est d'avoir de vos nouvelles. Comment allez-vous? Vous a-t-on maltraité? Nous allons vous aider à sortir d'ici.

— J'y compte bien, Rebecca. Nous sortirons tous ensemble. Quand nous aurons dîné.

— Un instant, monsieur Larsen, intervient Stuart. J'aimerais comprendre. Je vous ai vu hier, à moitié mort dans la neige. Nous avons traqué un assassin fantôme toute la nuit, nous sommes passés par toutes les couleurs de la peur et de l'angoisse, et nous vous retrouvons ici comme si rien ne s'était passé, en compagnie de... d'un inconnu. Vous nous devez bien une petite explication, non?

— Comme si rien ne s'était passé? dis-tu. Mais c'est tout à fait ça, Stuart. Il ne s'est rien passé. Enfin, presque rien. Votre erreur a été de ne pas comprendre ça dès le départ. Quant aux explications, elles vont suivre, ne t'inquiète pas. Mettez-vous à table. Pendant que vous travaillerez des mâchoires, je vous raconterai ma petite histoire.

Monsieur Larsen ne nous laisse pas le temps de répondre. Il nous indique un grand coffre dont il nous fait tirer des provisions.

La cabane dans laquelle nous nous trouvons est très rustique, mais elle contient tout ce qu'il faut pour survivre quelque temps. Pendant que nous nous asseyons autour d'une longue table en bois, monsieur Larsen, resté dans son fauteuil, reprend son discours.

— Je vois que les choses n'ont pas mieux tourné pour vous que pour moi, dit-il en désignant la jambe de Geneviève. Le retour au chalet sera pénible.

— Mais que vous est-il arrivé, interrompt Stuart. Hier vous aviez la tête en sang, et aujourd'hui c'est votre pied qui semble en mauvais état. Et où sont passés vos assaillants?

— Comment! Vous n'avez donc pas encore compris? Il n'y a pas plus d'assaillants que de meurtriers, et pas de crime, puisque je ne suis pas mort.

— Mais alors, tout ça...

— Une petite farce, fait monsieur Larsen. Une mauvaise farce, ajoute-t-il en tapotant sa jambe blessée. Ça n'a pas tourné comme je le voulais. Je commençais à désespérer, d'ailleurs.

— Une farce! s'écrie Geneviève. Vous appelez ça une farce! Mais c'était un véritable cauchemar!

— Hum, j'ai été un peu dépassé par les événements, je dois l'avouer, mais votre petite discussion, l'autre soir, m'avait un peu échauffé les oreilles. Les jeunes gens de votre âge se plaignent souvent de ce que rien d'intéressant ne leur arrive, mais il faut dire que vous ne faites pas grand chose pour. C'est pourquoi j'ai vraiment eu envie de vous jouer ce petit tour.

— Eh bien, on peut dire que c'est réussi, commente Stuart d'un ton amer.

— Si je ne m'étais pas cassé la figure en arrivant ici, reprend monsieur Larsen en frappant de nouveau sa jambe du plat de la main, ça aurait parfaitement réussi. Dès hier soir, comme vous ne m'aviez pas trouvé, je serais revenu vous faire une petite peur au chalet, et tout se serait terminé sans anicroches.

— Seulement vous êtes tombé dans votre propre piège, fait Geneviève.

— Oui, et c'est à partir de là que tout a cafouillé. Quand je me suis retrouvé seul, ayant pris Stuart en chasse, j'ai commencé ma mise en scène. Mon fusil était dissimulé dans mon sac, plié en deux. Je l'ai sorti et j'ai tiré un coup de feu en l'air. Puis je me suis jeté dans la neige et j'ai attendu son retour, ce qui n'a pas tardé.

Quand Stuart a détalé pour vous rejoindre, je me suis relevé et je suis allé me cacher dans cet abri où je viens quelquefois quand je veux vraiment être tranquille. J'ai pris bien soin de mettre mes skis dans ses traces. Seulement voilà, je n'ai plus vingt ans, et en voulant faire vite je suis tombé en descendant dans la clairière.

Rien de très grave, je me suis simplement foulé la cheville. Mais j'ai eu toutes les peines du monde à rejoindre la cabane. Heureusement, j'avais pris soin de laisser tomber mon bonnet non loin du lieu supposé du crime, pour vous laisser une piste.

— Si nous avions vu ce bonnet plus tôt, il n'y aurait donc pas eu de problème, commente Falyne.

— En effet, dit monsieur Larsen. Mais vous avez paniqué beaucoup plus vite que je ne pensais. Je crois que je vous ai un peu surestimés, ajoute-t-il avec un sourire ironique.

— Tout était donc préparé depuis la veille, fait Stuart. Je suppose que c'est vous qui avez coupé le téléphone avant de partir.

— C'est vous-mêmes qui m'avez suggéré ce détail dans votre conversation de l'autre soir. Où pensez-vous que j'ai puisé mon inspiration ?

— Mais il y a une chose que je ne comprends pas, reprend Stuart. Cette voiture, stationnée dans votre chemin, elle était là avant notre arrivée. Qu'a-t-elle à voir avec notre histoire?

— Rien, a priori. Il y a quelques semaines, mon ami Mehani, ici présent, m'a annoncé sa visite. Je n'ai pas voulu en parler à vos parents pour qu'ils ne se sentent pas gênés pour votre propre séjour. Mehani vient de Nouvelle-Zélande, où j'ai séjourné autrefois. C'est un Maori, ce qui explique les tatouages qui recouvrent son visage. Il devait arriver chez moi avant vous, mais il a été retardé par le mauvais temps.

À ma demande, deux de mes amis de Lac Louise, qui étaient passés dans l'après-midi pour récupérer la dépouille d'un cerf dont je leur avais signalé la présence dans les environs, se sont postés au bord de la route pour attendre Mehani et lui signaler l'entrée de ma modeste propriété.

Ils ne sont pas bavards, je l'avoue, mais c'est inconsciemment qu'ils ont été mes complices. Mehani est arrivé dans la nuit. C'est lui qui a effrayé Rebecca, bien involontairement d'ailleurs, quand les autres sont repartis en voiture.

— Je... je vous prie de m'excuser, bredouillé-je...

— Mehani a l'habitude. Son style de tatouage n'est pas très courant au Canada. Je comprends que son apparition ait pu te surprendre.

— Mais comment est-il arrivé jusqu'à cette cabane sans que nous le voyions? demande Stuart.

— Il est tout simplement sorti par la petite porte de derrière, reprend monsieur Larsen. Je l'avais mis au courant de ma petite farce, et plutôt que de se retrouver seul avec vous, ignorant quelles seraient vos réactions, il a préféré venir me rejoindre ici. Je lui avais expliqué le chemin, un trajet plus court que celui que nous avons pris. Et je vous assure que j'ai bien ri quand je l'ai vu arriver ici. Il a dû avoir toutes les peines du monde pour s'en sortir: il avait chaussé les raquettes à l'envers!

À cette évocation, monsieur Larsen éclate de rire, tandis que le Maori reste imperturbable.

— Voilà donc l'explication des traces de raquettes derrière la maison, s'écrie Falyne. Nous ne comprenions pas. Nous ne trouvions pas les empreintes laissées par le «meurtrier» pour sortir.

— Et pour cause : ces traces avaient été faites à l'envers. J'ai l'impression que vous vous êtes beaucoup remué les méninges. Je me trompe ?

— Non, dit Stuart. En fait nous n'arrivions pas à démêler ce que signifiaient les traces dans la neige, ni à les associer avec une réalité logique. En fin de compte, la réalité elle-même nous semblait impossible.

— Le problème était pourtant tout simple. Seulement, vous ne l'avez pas pris par le bon bout. La logique est infaillible ; quant à la réalité, vous ne pouvez pas la changer. Si l'ensemble ne concorde pas, c'est donc qu'une des données de base est erronée.

— Nous avons pourtant tout vérifié, objecte Falyne. Nous avons émis toutes les hypothèses.

— Toute sauf une, réplique monsieur Larsen. Et la seule intéressante. Vous avez supposé, *sans preuve*, que j'avais été assassiné. Il vous fallait donc une victime et un criminel. Il vous fallait deux personnes au moins, alors qu'il n'y en avait qu'une seule. Dès lors, rien ne pouvait cadrer : vous aviez un personnage de trop !

— Mais je vous avais *vu* mort, dit Stuart, avec du sang qui coulait encore.

— Erreur ! Tu m'as vu allongé, immobile. Mais tu ne t'es pas approché. C'était le point faible de mon scénario. Si seulement tu étais venu constater mon état de plus près, si tu t'étais agenouillé près de moi, tu aurais dévoilé la supercherie en voyant ma figure trempant dans une flaque de ketchup !

Et de nouveau monsieur Larsen éclate de rire en agitant la bouteille de ketchup qu'il prend sur la table.

— Tout de même, conclut Geneviève, vous vous êtes bien joué de nous.

— Je crois plutôt que vous vous êtes bernés vous-mêmes, répond monsieur Larsen. Vous auriez pu trouver la solution assez facilement. En lisant un roman, vous auriez certainement démêlé cette situation, en réfléchissant un peu. Mais la différence entre la réalité et les livres, c'est que le lecteur est extérieur au livre, il peut donc prendre ses distances et penser calmement. Tandis que dans la réalité, vous étiez obsédés par votre terreur, par vos angoisses. Il y avait la faim, la soif, la nuit, la peur… Ce sont des choses qui vous avaient sans doute manqué jusqu'ici.

— Merci bien, fait Geneviève. C'est un manque qui ne m'avait pas beaucoup incommodée, jusqu'ici. Je ne suis pas fâchée que tout cela soit terminé.

De nouveau monsieur Larsen se laisse aller à rire.

— Oh non, tout n'est pas terminé, fait-il. Le pire est à venir…

— Que voulez-vous dire? demande Geneviève avec inquiétude.

— Eh bien, je crois que vous allez devoir me ramener à la maison!

ÉPILOGUE

Le retour au chalet, en effet, a été épique. Avec deux éclopés pour trois adolescents valides et un visiteur qui n'avait pas l'habitude de la neige, cela a été une véritable expédition, et nous ne sommes arrivés à bon port qu'à la nuit tombée.

En réponse à une dernière question, monsieur Larsen nous a autorisé à examiner sa collection d'objets d'art. Des faux, bien entendu, des répliques en bois de sapin qu'il s'amuse à sculpter en hiver, en s'aidant de ses souvenirs de voyages et de revues de géographie.

— Je n'ai plus guère envie de prendre l'avion, nous a-t-il dit. Alors je voyage comme ça, avec les moyens du bord.

Ces courtes vacances se sont très vite terminées. Monsieur Larsen peut marcher en s'aidant d'une canne, et la blessure de Geneviève est plus ou moins cicatrisée. Comme elle porte un pantalon, sa famille ne verra rien.

À la fin du séjour, en attendant nos parents, nous avons en effet décidé de ne rien leur dire de notre mésaventure. Il n'est pas certain qu'ils apprécient ce genre d'humour, et nous ne voudrions pas causer d'ennuis à monsieur Larsen, qui n'est après tout qu'un vieux blagueur qui s'ennuie peut-être parfois un peu.

TABLE DES MATIÈRES

Les titres de la collection Atout

* Lecture facile   ** Lecture intermédiaire   *** Lecture difficile

Réimprimé en mars 2009
sur les presses de Marquis Imprimeur
Montmagny, Québec.